betören

Symphonie
Der
Unterwerfung
-Teil Zwei-

CD Reiss

Aus dem Englischen von Franziska Popp

eins

Jonathan war im Besitz meiner Nacktheit, meiner Positionen und meiner Orgasmen, und auch wenn der erste Sex des Abends zwischen uns jede normale Frau für die Nacht befriedigt hätte, wollte ich ihn schon wieder, und das nur wenige Minuten, nachdem wir fertig waren.

Sein Schwanz war wunderschön: wohl proportioniert, mit einer Eichel in der genau richtigen Größe und einem geraden und harten Schaft. Ich hatte in meinem Leben bisher nur zwei andere Schwänze gesehen, und auch wenn ich diese oft gesehen hatte, würde ich nicht sagen, dass ich beurteilen könnte, ob er so groß war, wie ich es annahm. Aber als wir uns unterhielten und er über meine Haare streichelte, wurde sein Schwanz erneut hart und ich konnte dem Drang, ihn wieder in meinen Mund zu nehmen, einfach nicht widerstehen. Nur wenige Minuten später manövrierte er meine Hüften neu und wir verschmolzen zu einem hinreißenden Ball aus Schweiß und Hitze, als wir uns in der Neunundsechziger-Position gegenseitig verwöhnten. Ich nahm die ganze Länge von ihm auf, während er seine Zunge in mein Geschlecht steckte. Er hielt mit aller Kraft an meinem

Arsch fest, grub seine Finger in meine Haut und zog seine Zunge zurück, bevor er sie wieder in mich hineingleiten ließ.

»Jonathan«, stöhnte ich, während ich die Eichel seines Schaftes küsste, »ich werde kommen, wenn du so weitermachst.«

»Nein, das wirst du nicht«, sagte er, kurz bevor er mit seiner Zunge über meine Klitoris schnellte und mich dann herumdrehte, damit wir uns, mit mir noch immer oben, ansehen konnten. Er griff erneut nach meinem Hintern, seine Finger so nah an meiner Spalte, wo ich besonders empfindlich war, und drückte mich nach unten. Sein Penis lag nun gegen meine Lippen gedrückt und er zog mich zu sich, dann weg von ihm, während er mein Geschlecht über die Länge seines Schwanzes gleiten ließ.

Ich senkte mein Gesicht zu seinem herab und hauchte an seiner Wange: »Ich will dich.«

»Du willst was?«

»Ich will, dass du mich fickst.«

Er griff rüber in die Schublade vom Nachttischschränkchen und nahm ein Kondom heraus, während ich mich weiter an ihm rieb. Ich rollte es ihm über und realisierte, dass meine Hände zitterten. Als ich seinen Schwanz zu meiner Höhle führte, sagte er: »Ich will's sehen.«

Ich hob meine Hüften an und schwebte über ihm. Er sah zwischen meine Beine und beobachtete, wie ich seinen Schwanz in mich hineingleiten ließ. Ich senkte meine Knie wieder aufs Bett hinab und bewegte mich hoch und runter. Er brachte eine Hand zwischen meine Beine, um meine Hüften zu bewegen. Mein Hintern war nach hinten ausgestreckt und das Dreieck zwischen meinen Beinen presste gegen seinen Schwanz, was dazu führte, dass meine Klitoris bei jeder meiner Bewegungen gegen ihn rieb.

Ich erschauerte vor lauter Erregung und der Reibung. Ich dachte nicht, dass ich einen stetigen Rhythmus aufrechterhalten könnte, aber es gelang mir, denn ich hatte keine andere Wahl. Er legte seine Hand auf meine Brust, aber ich wusste bereits, was zu tun war. Die Art und Weise, in der ich meine Hüften in Position hielt, machte Sinn, und ich würde dies niemals vergessen. Der direkte Kontakt mit meiner Klitoris, wie er sich in mir bewegte, wie ich von seinem Duft, seiner Stimme und seinen Berührungen umfangen wurde, ließ mich alles vergessen, was sich außerhalb meines Geschlechts abspielte.

Als ob er spüren würde, wie weit ich war, rollte er mich plötzlich auf meinen Rücken und nahm die Position über mir ein. »Du bist fast soweit.«

Ich konnte nicht antworten. Wenn ich zustimmen würde, wäre er wahrscheinlich aufgestanden, um sich um die Wäsche zu kümmern. »Härter«, hauchte ich.

Er nahm meine Beine, hob sie an und spreizte sie weiter auseinander, bevor er mich richtig rannahm. Ich schrie auf, vergrub meine Nägel in seinem Rücken. In wilden Stößen drang er immer wieder in mich ein, bis ich kurz davor war zu kommen. Ich versuchte es ihm deutlich zu machen, aber ich brachte keine Worte heraus.

Dann verlangsamte er seine Bewegungen.

»Oh, Gott, nein«, stöhnte ich.

»Beruhig dich«, hauchte er mir ins Ohr, während er sich langsam über mir bewegte, sehr langsam.

»Du bringst mich noch um.« Ich schwebte über dem Abhang des Höhepunktes. Anspannung und Lust wollten beide die Oberhand gewinnen.

»Ich weiß nicht, wie lange ich das noch aushalte«, sagte er. Aber er hielt es aus, in diesem Tempo, bis dieser Anstieg die Lust fast zum Überkochen gebracht hätte. Für eine Sekunde dachte ich, dass ich kommen könnte, ohne es ihm zu sagen, weil er mich ja nicht lassen wollte.

»Bitte«, keuchte ich, meine Geduld am Ende, »ich muss kommen.«

»Nein, das musst du nicht.«

»Darf ich? Bitte?« So sehr ich auch kommen wollte, seine Zustimmung wollte ich noch mehr. Ich wollte ihn anflehen. Ich wollte mich selbst in ihm verlieren.

Er drückte sich gegen mich und ich stöhnte. Er antwortete nicht.

Er erwartete, dass ich wusste, was zu tun war. »Jonathan, bitte. Bitte lass mich kommen. Ich kann nicht…« Er presste seine Nasenspitze gegen meine und sah mir in die Augen. Ich fühlte mich von ihm umfangen und sicher, sobald er mir seine Aufmerksamkeiten zukommen ließ. »Ich werde noch wahnsinnig…bitte. Bitte tue was, damit ich kommen kann.«

»Was soll ich denn tun?«

»Fick mich hart. Bitte. Ich werde auch machen, was du willst. Ich werde dir überall einen blasen. Ich werde dein sein. Das ist alles, was ich dir bieten kann, aber bitte fick mich, damit ich kommen kann.«

»Dann komm.« Er stieß zu, langsam aber entschieden, und ich fühlte, wie meine Welt über den Abhang stürzte, als er grunzte und seufzte, während er seine eigene Erfüllung fand. Ich hob meine Hände über meinen Kopf und packte das Kopfende des Bettes. Mein Rücken bog sich durch und ich musste geschrien haben, denn ich fühlte seine Hand an der Seite meines Gesichtes, während sich sein Daumen in meinen Mundwinkel hakte. Er hörte nicht auf, sich zu bewegen, rotierte seine Hüften und keuchte, und jede dieser Bewegungen schickte eine neue Empfindung durch meine Lippen, meine Fotze, meine Klitoris, durch meinen gesamten Körper.

Wärme schoss meine Wirbelsäule entlang. Die Gefühle breiteten sich einfach immer weiter aus, mit verschiedenen Geräuschen und Empfindungen . Meine Stimme war nicht meine eigene, sondern der Ausdruck einer herannahenden Explosion tief in mir. Als er mich in den Hals biss, hatte er damit eine weitere Form der Belohnung entdeckt. Der Schmerz war ein Kontrapunkt zu allem anderen, brachte mich zurück ins Bewusstsein und entfachte einen erneuten Orgasmus. Ich schrie wieder, hob meine Hüften seinem Schwanz entgegen, fühlte nichts außer Feuchtigkeit und Härte und Lustschocks. Ich hatte eine zeitlose Zone betreten, und als ich realisierte, dass er in mir erschlaffte, verlangsamte ich meine Bewegungen, auch wenn mein Orgasmus seinen eigenen Willen zu haben schien.

»Monica?«, fragte Debbies Stimme, nicht Jonathans.

»Häh?« Ich war auf der Arbeit. An einem frühen Donnerstagnachmittag. Ich hatte fünf volle Tische und ein Tablett mit leeren Gläsern in meiner Hand.

Debbie, mein Boss, sah mich besorgt an. Sie wirkte auch ein wenig irritiert. »Geht's dir gut?«

»Yeah, ich habe nur nachgedacht.«

»Über was? Du bist plötzlich mitten auf der Fläche stehen geblieben.«

»Nichts. Es tut mir leid.«

»Du hast Ute Yanix an Tisch Sieben. Bitte, wenn du einen Tag frei brauchst, lass es mich wissen. Ansonsten –« Sie tippte auf ihr Handgelenk, um mich wissen zu lassen, dass es Zeit war, mich in Bewegung zu setzen. Ich rannte mit einem Lächeln auf den Lippen und einer Entschuldigung zu Ute Yanixs Tisch. Ich nahm die Bestellung von der Schauspielerin mit einem vorübergehend klaren Kopf auf, der nur drei Minuten später wieder von den Haaren auf Jonathans Bauch aus dem Gleichgewicht gebracht wurde.

Vor zwei Wochen, bevor ich Jonathan kennengelernt hatte, fühlte ich mich noch wie eine normale Person. Ich hatte gearbeitet. Gesungen. Mich über meinen Manager beschwert. Ich hatte mich um Gabby gekümmert und vielleicht ein wenig zu viel getrunken. Ich hatte mich wahrscheinlich einmal die Woche selbst befriedigt, jedenfalls, wenn ich daran gedacht hatte. Ich war von einem Ort zum nächsten gerannt, hatte Tagträume über einen Grammy Gewinn oder wie ich das Leben meines Ex-Freundes für immer zerstören könnte. Ich hatte nicht einmal realisiert gehabt, wie viel Zeit ich damit verbracht hatte, Kevins Untergang zu plotten, aber als ich damit aufgehört hatte, fanden Gedanken über Jonathan Einzug.

Nach Jonathan schien mein Gehirn nur noch auf Sex eingestellt zu sein. Ich lief in einem ständigen Zustand der Erregung durch die Welt. Die vergangenen eineinhalb Jahre hatten mich eingeholt, wie ein Zug, der gegen eine Mauer rammte. Nach der unvermeidbaren Kollision bewegte sich der hintere Teil des Zuges weiter, stieß immer wieder gegen den vorderen Teil, bis achtzehn Monate - angefüllt mit Gelüsten - in einen Zeitraum von zwei Wochen reingequetscht worden waren.

Der Nachmittag, der dem Abend folgte, an dem ich meine erste Nacht in seinem Haus verbracht hatte, hatte er mir aus einer Lounge am LAX-Flughafen eine Nachricht geschickt. Er hatte sich für eine tolle Nacht bedankt und Versprechungen gemacht, die ich ihm nicht im Geringsten abkaufte und dann... nichts. Ich hatte auch nichts erwartet. Er war schließlich nicht mein fester Freund. Er war noch nicht einmal mein Liebhaber. Er war nur ein Typ, für den ich mal gearbeitet hatte, dem es gelungen war, mich ins Bett zu bekommen, nachdem ich eineinhalb Jahre damit zugebracht hatte, sexuell enthaltsam zu leben. Er hatte einen Springteufel der Sexualität herausgelassen, in dem er eine Kurbel gedreht hatte, von der ich nicht einmal wusste, dass sie existierte.

Davor hatte er natürlich noch eine ganze Liste von anderen Dingen getan. Er war gleichzeitig selbstbewusst, charmant und verletzlich gewesen. Er hatte diese bestimmte Art und Weise, mich zu berühren, die sich wie statische Elektrizität anfühlte, nur ohne den Schock durchleben zu müssen, und er hatte mich kommen lassen, wie es noch kein Mann vor ihm vollbracht hatte. Streich das. Ich hatte es noch nicht einmal geschafft, *mich selbst* auf diese Weise kommen zu lassen.

Dieses erregende Gefühl zwischen meinen Beinen, war auch der Grund dafür, dass ich die meisten Tage nach der Arbeit wie eine Verrückte nach Hause rannte, die Tür ins Schloss schmiss und wie ein dreizehnjähriger Junge masturbierte. Auch außerhalb der Arbeit hatte ich Probleme zu funktionieren. Ich hatte meinem Manager, Vinny, ein Kündigungsschreiben voller Fehler zugeschickt, einen Anruf von Eugene Testarossas Assistenten entgegengenommen, während ich mitten in einer Masturbationssitzung gesteckt hatte, und ich hatte aufgehört zu essen. Mein Freund Darren hatte angefangen, mich zu bekochen und beobachtete mich wie ein Adler im Landeanflug.

Die einzige Sache, die jetzt besser als jemals zuvor klappte, war das Singen.

Scheiße, ich stand in Flammen. Proben mit Gabby, meiner Pianistin und besten Freundin, waren fast so gut wie der Sex, der mein Hirn auffraß. Wir beide konnten einfach nichts falsch machen. Ich konnte auf dem Weg noch Änderungen vornehmen und sie ließ sich darauf ein. Alte Standards in einem Club zu singen, in dem man auch essen konnte, wäre mir vor zwei Wochen noch unangenehm gewesen, aber die Auftritte in den letzten zwei Wochen hatten das Interesse der Agenten bei WDE erregt. Heute Nacht würden sie kommen, um uns spielen zu sehen. Unsere Versionen von *Under my Skin* und *Stormy Weather* würde es in L.A. regnen lassen. Noch nie in meinem Leben hatte ich mich in Bezug auf meine Arbeit besser gefühlt.

Ich musste mich nur irgendwie dazu durchringen, meine Gedanken auch bei dem bezahlten Job nicht abschweifen zu lassen.

»Spielst du heute Abend wieder?«, fragte Robert, als er Alkohol in Gläser kippte, die bereits mit Eis angefüllt waren.

»Yeah«, sagte ich. »Ein spätes Set.«

»Ich bin froh, dass ich dich letzte Woche endlich zu hören bekommen habe. Du warst heiß.«

»Danke.« Das Kompliment war so ziemlich die Grenze der Reichweite in Roberts Wortschatz und ich akzeptierte es mit einem Lächeln.

»Alles in Ordnung bei dir?«, fragte er. »Vorhin hast du dich bestimmt für eine Minute nicht vom Fleck bewegt. Ich habe mir schon Sorgen gemacht, ob du vielleicht umfallen würdest oder so.«

»Es geht mir gut. Meine Gedanken waren einfach kurz woanders.«

»Wahrscheinlich bei deiner Musik. Du bist mit deinen Gedanken im Spiel.« Er zwinkerte mir zu und machte ein klickendes Geräusch, indem er mit der Zunge gegen seine Vorderzähne stieß. Er war ein netter Kerl, aber er hatte auch was von einem Dödel.

Ich kümmerte mich um Ute Yanix und die restlichen Tische, konzentrierte mich sogar darauf, dass ich mein Lächeln im Gesicht behielt, und versuchte außerdem, meine Gedanken im Job zu behalten.

Als die Hälfte der Schicht fast vorbei war, sah ich Debbie, wie sie an der Tür mit einer großen Frau sprach. Die Frau trug eine graue Faltenhose und ein passendes graues Jackett, mit einem dunkleren Revers aus Samt.

»Wer ist das dort mit Debbie?«, fragte ich Robert, als ich ihm einen neuen Zettel mit Bestellungen überreichte.

»Kein Plan, aber ich würde ihr oder ihm nicht in einer dunklen Gasse begegnen wollen.«

Die Frau war wie ein Rechteck gebaut, getoppt von einem braunen Vokuhila mit blondierten Spitzen. Ihr linkes Ohr wurde von kleinen Silbercreolen bestimmt, die vom Ohrläppchen bis hoch zum Ohrkrempel reichten.

»Ich bin mir sicher, dass es eine Sie ist«, flüsterte ich. »Sie sieht nicht wie ein Gast aus.«

»Wahrscheinlich hat sie ein Manuskript unter ihrem Hemd«, murmelte er, während er versuchte, leiser zu bleiben als das Hintergrundgeräusch, bestehend aus instrumentalem Trip-Hop.

»Rolf Wente sitzt an Tisch Sechs. Vielleicht will sie es in seinen Schoß fallen lassen.«

»Er würde wahrscheinlich sogar die erste Seite lesen, wenn sie ihm seinen Schwanz lutscht.«

»Er kann lesen?«

Wir kicherten, versuchten dabei aber für die Leute, die zur Mittagszeit hier waren, leise zu sein. Ich nahm mein Tablett auf und händigte meine Drinks aus, nahm Bestellungen auf und checkte meine anderen Tische. Ich hatte die Lady im grauen Anzug schon total vergessen, bis ich wieder zurück an die Bar kam, wo sie nun zusammen mit Debbie stand und mich ansah, als wäre ich der Grund dafür, dass sie hier war. Robert hob eine Augenbraue in meine Richtung, woraufhin ich damit reagierte, ihm mit zusammengekniffenen Lippen und Augen zu verstehen zu geben, dass er seine Fresse halten sollte.

»Hi«, sagte ich, als ich bei Debbie und dem Rechteck ankam.

»Monica«, sagte Debbie, »das ist Lily.«

»Du kannst mich Lil nennen.« Das Rechteck hatte ein aufrichtiges Lächeln und eine feminine Stimme.

»Hi, Lil.« Ich stellte mein Tablett auf die Theke und presste ein feuchtes Handtuch an meine klebrigen Handflächen, um sie von den Getränkerückständen zu befreien, bevor ich ihr meine Hand entgegenstreckte. Sie schüttelte diese, aber nur für eine Sekunde, als ob ihr die Vertrautheit unangenehm wäre.

Lil händigte mir einen kleinen beigefarbenen Umschlag aus, der gerade einmal groß genug für einen Scheck wäre. Mein Name war mit einem blauen Kuli auf die Vorderseite geschrieben worden.

»Es ist doch keine Vorladung, oder?«, scherzte ich.

»Keine Bange.«

Ich sah von ihr zu Debbie und wieder zurück. Lil nickte kurz und sagte dann, »Danke«, bevor sie uns verließ.

»Was war das denn?«, fragte ich Debbie.

»Yeah«, sagte Robert, der in diesem Moment wie ein falscher Fuffziger wirkte, Ellbogen auf der Bar, während er auf meinen Umschlag starrte. Ich verpasste ihm einen Schlag damit.

»Mach jetzt deine Pause«, sagte Debbie zu mir. »Maddy übernimmt für dich.«

Ich nahm meinen kleinen Umschlag mit in den Pausenraum, der einige lange Tische, einen Verkaufsautomat, Mikrowellen und unsere Spinde beinhaltete. Ich war allein. Ich öffnete den Umschlag.

Liebe Monica,
Kannst du nach der Arbeit zum Loft Club kommen, um mich zu treffen? Ich würde gerne mit dir sprechen, ausführlich. Bis in den Morgen hinein, wenn möglich.
Lil wird dich nach deiner Schicht vor der Tür treffen.
Falls es dir nicht möglich sein sollte zu kommen, lass es sie wissen.
- Jonathan

Die Notiz war mit einer festen Handschrift, mit demselben Kuli, verfasst worden. Als ob er es, ohne groß nachzudenken, schnell runtergeschrieben hätte oder als hätte er unter Zeitdruck gestanden. Für das abermillionste Mal an diesem Nachmittag zählte ich die Tage von dem Zeitpunkt an, an dem wir uns das letzte Mal gesehen hatten. Er hatte gesagt, dass er für zwei Wochen nach Korea müsste, und zeitlich gesehen würde das passen. Ich hob das Papier an meine Nase und sein feinherber Duft traf mich wie ein Schlag. Ein kontrollierter Geruch, einfach einzigartig.

Ich hatte keine Ahnung, wie ich die zweite Hälfte meiner Schicht überstehen sollte. Ich würde heute Nacht einen Auftritt haben, einen sehr wichtigen Auftritt. Gemäß dem Assistenten des Assistenten, mit dem ich von WDE gesprochen hatte, würde sich die Hälfte der Agenten heute Abend im *Frontage* einfinden, um Gabby und mich zu sehen, auch wenn wir noch immer ein namenloses Duo darstellten. Ich würde vier Stunden zwischen meiner Schicht und dem Auftritt haben. Ich würde Jonathan reinquetschen können. Mich vor der Show auf Pläne mit ihm einzulassen, war dämlich und verantwortungslos, aber ich wollte Jonathan Drazen fast genauso gern sehen, wie ich später singen wollte.

zwei

L il wartete draußen in der Ladezone, gegen den grauen Bentley gelehnt. Als sie mich sah, öffnete sie die hintere Tür.

»Hi. Äh…« Ich fühlte mich nicht wohl dabei, in ein Auto zu steigen, von dem ich nicht wusste, wohin es fahren und vor allem wer mich dort hinbringen würde.

Lil sprach, als hätte sie meine Gedanken gelesen. »Ich bin Mister Drazens Fahrerin. Ich werde dich zu ihm bringen und auch wieder zurück. Falls du für längere Zeit beschäftigt sein solltest, kannst du mir deinen Autoschlüssel geben und ich werde mich um dein Auto kümmern.«

»Inwiefern?«

»Ich würde es vor dein Haus fahren.«

»Wie würdest du dann wieder zurück zu deinem Auto kommen?«

Lil lächelte, als wäre ich ein siebenjähriges Mädchen, die fragte, warum Wasser nach unten floss und nicht nach oben. »Ich bin nicht die einzige Angestellte. Mach dir keine Sorgen. Bitte. Das ist mein Job.«

Ich lächelte sie an, auch wenn es wohl eher gezwungen aussah, und rutschte dann auf den Rücksitz.

Ich hatte noch nie in einem Auto wie diesem gesessen. Darren und ich hatten uns für unseren Abschlussball eine Limousine ausgeliehen, aber es hatte im Innenraum nach Bier und Kotze gestunken und der Teppich war von einem kürzlich benutzten Putzmittel noch nass gewesen. Ich war einmal um zwei Uhr am Morgen in Bennett Mattweichs Ferrari den Interstate Highway 405 runtergefahren. Er hatte gedacht, dass die Fahrt ihm einen Blowjob einbringen würde, allerdings hatte es ihm lediglich einen fast zerstörten Reifen eingebracht. Wir waren Freunde geblieben, aber er hatte mich nie wieder zu einer Fahrt in dem Auto seines Vaters eingeladen.

Der Bentley war riesig. Die Ledersitze lagen einander gegenüber und sie hatten gebürstete Chromknöpfe, die keine Krümel oder Flecken um sich herum aufwiesen. Einfach unbegreiflich für mich. Die Verkleidung war aus Holz – aus echtem Holz, dunkel und warm – und auch wenn die Fahrt nur zehn Minuten angedauert hatte, fühlte es sich doch so an, als wäre ich mit einem Raumschiff von einer Welt in eine andere transportiert worden.

Das Auto hielt in einer Einbahnstraße an, und zwar im Gewerbegebiet im Stadtzentrum , irgendwo zwischen dem Kunstbezirk und dem Fluss. Neben dem Auto stand ein altes Fabrikgebäude, in dem das Obergeschoss ausschließlich aus Fenstern bestand. Die Seite des Gebäudes, die zum Parkplatz zeigte, war in einem matten Schwarz gestrichen worden, mit modernen Buchstaben, die jeden Mieter auflisteten. Es existierte anscheinend kein *Loft Club*, jedenfalls wurde keiner erwähnt.

Ich hatte schon genug Filme gesehen, um zu wissen, dass ich warten sollte. Lil war unter zwei Sekunden an meiner Tür, als wäre ich nicht im Stande, diese allein zu öffnen.

»Geh rein, zur Rezeption. Der Concierge wird sich um dich kümmern.« Sie reichte mir ein rechteckiges Stück Pappe , das die Größe einer Visitenkarte hatte und ein paar Nummern auf der Vorderseite aufzeigte. Das Wort LOFT war in Grau am oberen Rand aufgedruckt worden.

»Danke«, sagte ich. Ich lief die Treppen hoch und ging hinein. Als ich die Karte dem Gentleman asiatischer Herkunft zeigte, der in der Lobby in einem Glaskasten saß, war ich noch immer davon überzeugt, dass ich mich im falschen Gebäude befand oder dass alles nur ein grauenvoller Scherz auf meine Kosten war.

Er sah sich die Karte an und verglich sie mit etwas, das in einem Buch mit Ledereinband stand, was nicht unhöflich rüberkam, aber etwas übereifrig wirkte. Ich trat in meinem Kellnerinnenoutfit von dem einen auf den anderen Fuß: ein schwarzes Wickeltop und ein kurzer Rock, das eine Teil von Target und das andere von einem Trödelmarkt am Sunset. Es fühlte sich an, als ob meine Klamotten mich als Außenseiterin oder noch schlimmer, als Lügnerin und Eindringling abstempeln würden. Aber dann sah er mit einem Lächeln zu mir auf und sagte: »Hinter mir den Gang runter. Gehen Sie an der ersten Reihe von Fahrstühlen vorbei und biegen sie dann nach links ab. Ich werde Sie durch die Türen buzzern. Dort finden sie am Ende des Korridors einen weiteren Fahrstuhl. Nehmen Sie diesen und fahren sie ganz nach oben.«

»Dankeschön.«

Meine Absätze klickten über den Betonfußboden. Ich schob meine Tasche auf der Schulter etwas höher. Dann lief ich an der ersten Reihe von Fahrstühlen vorbei und nach links. Zwei mattierte Glastüren standen mir im Weg und ich bemerkte eine Kamera, die über den Türen angebracht war. Eine Sekunde später war ein nachhallendes Piepen, gefolgt von einem Klicken, zu hören und die Türen glitten auf.

Hinter den Türen veränderte sich der Korridor. Die Beleuchtung war weicher und kam von modernen, verchromten Wandleuchten. Die Wände waren in einem sanften Weiß gestrichen worden, und als ich näher trat, sah ich, dass die Oberfläche samtiger schien, mit verschiedenen Weißtönen. Der Fahrstuhl aus Eichenholz und Messing sah nicht wie ein Kühlschrank aus, wie das bei so vielen der Fall war. Er summte in d-Moll und machte einen Ton in derselben Note, bevor er aufging.

Ich trat auf den geblümten Teppich und drückte den Knopf, der *Loft* in Großbuchstaben auswies. Die Türen schlossen sich und der Fahrstuhl fuhr, ohne ein Geräusch zu machen, los. Ich schloss meine Augen und konzentrierte mich auf die Kraft unter meinen Füßen. Die Bewegung des Fahrstuhls verschlimmerte den Druck zwischen meinen Beinen noch zusätzlich, was vielleicht mehr mit dem Fakt zu tun haben könnte, dass ich Jonathan gleich wiedersehen würde und nicht mit der perfekten Geschwindigkeit des Behältnisses, in dem ich stand.

Die Türen öffneten sich zu einem Raum hin, dessen Wände aus Glas bestanden und die Stadt als Aussicht bereithielt. Ich konnte die Bücherei, das Marriott Hotel, die ganze Skyline und den Gifthauch von Smog, der über allem schwebte, sehen. Der Marmorfußboden hatte seine eigene Gewichtung und war bis hin zu einem Zustand poliert worden, der einfach nicht billig sein konnte. Auch die Holzarbeiten waren natürlich von allerhöchster Qualität.

Die Lobby wurde von ein paar Leuten bevölkert, die sich leise unterhielten. Ein Klimpern von Gelächtern. Ein Kaffeeklatsch, der aus mehreren jungen Männern in perfekten Anzügen bestand. Ledersofas. Ein Kronleuchter so groß wie meine Garage. Ich konnte nicht alles auf einmal aufnehmen.

»Kann ich Ihnen helfen?« Die Frau legte ihre Hände vor ihrem Körper zusammen und beugte sich an der Hüfte ein wenig nach vorne. Ihre Haare waren in einen unauffälligen Knoten gedreht worden, der genauso unauffällig wirkte. Sie lächelte auf eine Art und Weise, die attraktiv war, aber nicht umwerfend. Auch wenn sie einen blauen Anzug von Chanel trug, schien ihr Job es zu sein, so wenig bedrohlich wie möglich zu wirken und darin war sie wirklich gut.

»Hi«, sagte ich. Ich lächelte, weil ich nicht wusste, was ich sonst tun sollte.

Sie bemerkte die Karte in meiner Hand, die ich zusammengeknüllt hatte. »Darf ich?«

»Oh.« Ich war so nervös, dass ich mich wie eine blöde Gans verhielt. Ich hatte das Recht hier zu sein. Ich war ja schließlich eingeladen worden. Ich hatte keinen Grund, mich unwürdig zu fühlen, nur weil ich nicht wusste, wo ich war. Ich händigte ihr die Karte aus und stellte mich aufrechter hin, was dank meines billigen Rocks und den zwei Jahre alten Schuhen nicht so richtig klappen wollte.

Sie bedankte sich bei mir und sah auf die Karte. »Hier entlang. Mein Name ist Dorothy.«

»Ich heiße Monica. Nett, dich kennenzulernen.«

Sie schenkte mir ein höfliches Lächeln und führte mich Gänge und Korridore entlang. Als ich bemerkte, wie viele Außenwände aus Glas bestanden, erinnerte ich mich, wie das Gebäude von der Straße her ausgesehen hatte. Viele Plätze in Los Angeles sahen von außen mysteriös und unzugänglich aus und dieses Fabrikgebäude war eines davon.

Schlussendlich hielt Dorothy vor einer Tür an. »Falls du irgendetwas brauchen solltest, ich bin dein Concierge. Meine Nummer ist auf der Karte.«

Sie gab mir eine weiße Karte in der Größe einer Spielkarte, dann öffnete sie die Tür.

»Vielen Dank.« Ich wusste nicht, ob ich ihr ein Trinkgeld geben oder irgendetwas Bestimmtes sagen sollte, also schlüpfte ich einfach in den Raum. Dorothy ließ die schwere Holztür ins Schloss fallen. Zwei Wände bestanden aus Fenstern. Eine dritte Wand bestand aus Regalen, die Wein, Gläser, einen Eimer mit Eis und eine kleine Bar innehatten. An der vierten Wand hing ein riesiges Ölgemälde, das wie ein Monet oder eine sehr gute Kopie aussah. Der persische Teppich sah echt aus. Antike Sofas flankierten einen zwei Meter langen Couchtisch, der aus einem einzigen Stück Holz geschnitzt worden war.

Ich hatte keine Ahnung, was nun von mir erwartet wurde.

Ich bemerkte eine Flasche Perrier Mineralwasser und zwei Gläser, die auf der anderen Seite des Raumes auf einem kleinen Tisch standen, an einem Fenster, also lief ich rüber. Die Ledersessel neben dem Tisch waren an den richtigen Stellen abgenutzt und die Armlehnen waren mit Messingbolzen befestigt worden. Zwischen den zwei Gläsern balancierte ein Umschlag mit dem Wort »Monica«, aufgedruckt auf der

Vorderseite. Ich nahm die Notiz heraus. Auf dem Briefbogen seines Clubs, geprägt in Silber, stand:

Werde mich um fünf Minuten verspäten — Jonathan

Ich sah auf meine Uhr, goss mir dann ein Glas Wasser ein und wartete in dem Stuhl, summte und sah auf die Skyline hinaus. Ich freute mich darauf, ihn zu sehen und seine Berührungen zu spüren, die Härte seines Körpers, die Hitze seines Mundes auf meinem.

Als sich die Tür öffnete, zuckte ich zusammen. Ich stand auf, während ich noch immer das Glas mit dem kohlensäurehaltigen Wasser in der Hand hielt.

Jonathan packte sein Handy mit einer Hand weg und trug eine Brieftasche in der anderen. Bisher hatte ich ihn immer nur nachts gesehen, nackt oder in alltäglicher Kleidung und mit Bartstoppeln, die mindestens einen Tag alt waren. Ich hatte ihn noch nie frisch rasiert gesehen und während er ein Herringbone-Tweed-Jackett mit drei Knöpfen, ein weißes Windowpane Hemd und eine kohlschwarze Krawatte trug. Ein schwarzes Seidenviereck lugte aus seiner linken Brusttasche heraus. Mattschwarze Manschettenknöpfe. All das sah wirklich nett aus. Es betonte seine Figur: schlank, groß, mit Schultern, die keine Polster benötigten und einer Taille, die seine Knöpfe nicht nach außen drückte.

»Hi«, sagte ich.

»Du bist hier.« Er schien darüber aufrichtig überrascht zu sein und platzierte seine Brieftasche auf den Tisch bei den Sofas.

»Lil hat es dir nicht erzählt?«

Er schritt auf mich zu. »Sie geht nicht ans Telefon, wenn sie fährt, was sie die meiste Zeit macht.« Er stand weniger als einen halben Meter von mir entfernt und ich fühlte seinen Blick auf meinem Gesicht. »Und irgendwie wollte ich es gar nicht wissen.«

Ich schwankte ihm entgegen, das Atmen fiel mir bereits etwas schwerer, nur um ihn in mich aufzusaugen. »Ich habe später noch einen Auftritt.«

»Wie viel später?« Auch er schien sich nach vorne zu lehnen, aber ich konnte nicht sagen, ob es eine körperliche Reaktion war oder einfach sein Interesse an meinen Worten.

»Später.«

»Würdest du dich gerne hinsetzen?«

Nein, das wollte ich nicht. Ich wollte meinen Körper auf seinen legen. Stattdessen setzte ich mich hin, als er es tat.

Er schenkte sich selbst ein Glas Perrier ein und lehnte sich zurück. »Wie ist es dir inzwischen ergangen?«

»Du hast mich von deinem Fahrer abholen lassen, um mich das zu fragen? Du hättest mir auch eine Nachricht schicken können und die gleiche Antwort erhalten.«

»Was ist deine Antwort?«

»Es ist mir gut ergangen. Dankeschön.«

»Lediglich gut?«

Er wollte mehr. Er wollte die Unterhaltung zu dem leiten, was er und ich wirklich gut konnten. Jedenfalls interpretierte ich es so. »Gut«, sagte ich, »und die meiste Zeit über bin ich erregt.«

Ein echtes und ernst gemeintes Lächeln machte sich auf seinem Gesicht breit. »Ich denke, dass ich dich wirklich vermisst habe.«

»Du denkst?«

Er lehnte sich nach vorne, seine Ellbogen auf den Knien. »Ich werde nicht so tun, als hätte ich dich auf die gleiche Weise vermisst, wie jemanden, den ich bereits seit langer Zeit kenne. Aber, in Ordnung, hier ist ein Beispiel. Ich bin in dem Büro des koreanischen Ministers für Tourismus. Das ist der Typ, der mein Hotel absegnen lassen oder mich meine Koffer packen und nach Hause schicken kann, falls ich das Falsche sage. Mein Koreanisch ist perfekt, aber nicht differenziert, also muss ich aufmerksam sein.«

Auch ich lehnte mich nach vorne. »Du sprichst Koreanisch?«

»Ich lebe in Los Angeles. Willst du, dass ich die Geschichte zu Ende erzähle?«

Ich wollte, dass er mich nach vorn überbeugte und mich fickte, aber stattdessen sagte ich: »Ja. Beende sie.«

»Er rasselt eine Reihe von Zahlen runter und irgendwo befindet sich ein Fehler, der mich ein Vermögen kosten wird, wenn ich mich nicht konzentriere, aber ich muss die Zahlen übersetzen, um den Fehler zu finden. Stell dir vor, er würde sagen, dass die Lizenz *Eins* ist, die Gebühren *Zwei*, irgendetwas anderes ist *Drei*, und alles zusammen ergibt *Zehn*, was bedeutet, dass der Fehler bei *Vier* liegt. Allerdings ist ihm sehr wohl klar, dass ich das nicht bezahlen würde. Aber die Zahlen sind größer und er redet schnell, damit es niemand im Raum versteht. Ich kann mich nicht darauf konzentrieren, was er sagt oder wen ich bezahlen muss, denn an alles, was ich denken kann...« Er pausierte, als wäre er jetzt am wichtigen Teil angelangt. »Alles, was ich mir vorstellen kann, ist es, deine Beine zu spreizen.«

Ich räusperte mich, um mich vom Lächeln abzuhalten, aber mein Gesicht kann das breite Grinsen nicht abwehren. Für eine Sekunde wunderte ich mich, ob er vielleicht gar nicht versucht hatte, witzig zu sein, aber als ich in sein zufrieden wirkendes Gesicht aufblickte, wusste ich, dass ich ihn nicht beleidigt hatte.

»Ich habe noch nicht einmal an Sex gedacht«, sagte er. »Also das habe ich schon, aber allein dieser Moment, als ich meine Hände auf deine Knie gelegt und sie auseinander gespreizt habe, du dich zurückgelehnt hast und mich einfach hast machen lassen. Diesen Moment habe ich immer wieder vor meinem inneren Auge abgespielt. Den Moment, als du *mich gelassen hast*. Konnte weder addieren noch subtrahieren. Ich bin mir sicher, dass ich dem Mann zu viel bezahlt habe.«

Meine Beine kribbelten, der Ort zwischen ihnen wollte den Druck seiner Hände spüren. Ich presste meine Knie zusammen und wartete darauf, dass er tat, worüber er fantasiert hatte. »Na gut«, sagte ich, »ich habe angefangen, den ganzen Tag an Eiswürfeln zu saugen.«

»Ah. Die Terrasse.«

»Ich lächel einfach, bis er geschmolzen ist. Debbie denkt, dass ich meinen Verstand verloren habe.«

Er angelte einen Eiswürfel aus seinem Glas heraus. »Vielleicht hast du das.« Er streckte seine Hand aus und strich dann mit dem Eiswürfel über meine Unterlippe. Ich öffnete meinen Mund und nibbelte daran. Ich steckte meine Zunge heraus, aber er gab mir die Befriedigung nicht. Ein Tropfen des kalten Wassers tropfte mein Kinn herunter und er nahm den Eiswürfel weg, warf ihn in seinen Mund und zerknirschte diesen. »Ich will dich«, sagte er.

Meine Wirbelsäule fühlte sich wie ein Klavier an, auf dem gerade jemand die Tonleiter spielte.

»Ich will dich auf eine Art und Weise haben, die mich überrascht.«

»Das sehe ich als ein Kompliment. Aber ich denke, dass wir zuvor noch einige Dinge klären müssen.« Nichts folgte diesen Worten, außer dass er weiterhin in sein Glas starrte.

Ich lehnte mich zurück und trank von meinem Wasser. »Leg los.«

Er tippte seine Fingerspitzen zusammen und sah aus dem Fenster, wobei er das Offensichtliche rauszögerte. Ich würde ihn nicht unterbrechen.

»Ich habe mir hundert verschiedene Arten überlegt, wie ich dies formulieren könnte. Jede einzelne Version klang, als ob ich versuchen würde, dir wehzutun«, begann er.

»Solange dein Schwanz in Seoul nicht abgefallen ist, kann es nicht so schlimm sein.«

Er lachte und rieb sich über die Augen. »Ich sag es einfach gerade heraus. Ich liebe meine Frau. Meine Ex-Frau. Nichts wird das jemals ändern können.«

»Okay.«

»Ich kann niemand anderen lieben.«

Das verstand ich. Wir könnten uns bis in alle Ewigkeit mögen, aber er würde die Grenze zu Liebe niemals übertreten, auch wenn ich das vielleicht machen würde. Ich betrachtete mich als vorgewarnt. Ich musste ihn wissen lassen, dass ich

kein Problem damit hatte, aber dass ich auch nicht seinen
Fußabtreter spielen würde.

»Ich will dein Herz nicht«, sagte ich. »Ich will für ein paar
Stunden am Stück deine Aufmerksamkeit. Ich verstehe, dass
ich eine von vielen Frauen bin, mit denen du verkehrst.«

Er hob eine Augenbraue. »Was denkst du denn, mit wie
vielen Frauen ich verkehre?«

»Mit vielen.«

»Basierend auf?«

»Gerüchten. Und Bildern im Internet.« Mein Gesicht
brannte feuerrot.

»Die Gerüchte entsprechen zum Teil der Wahrheit, das
gebe ich zu«, sagte er. »Aber es kann nur als ein ›Verkehren‹
angesehen werden, wenn ich sie auch ausführe. Die Bilder im
Internet, da hatte ich doch meine Kleidung an, oder?«

»Partys und so.« Ich konnte ihn nicht ansehen. Ich fühlte
mich dämlich, wenn ich ihn als Hure bezeichnete, wenn ich
doch so wenige Beweise dafür hatte.

»Ich habe sieben Schwestern. Viele davon haben seit der
Scheidung an meiner Seite gestanden.«

Wie viele Frauen hatte ich denn in den Bildern gesehen?
Keine Hundert. Aber ich war davon ausgegangen, dass sie wie
Kakerlaken waren. Wenn du eine auf der Arbeitsfläche in der
Küche siehst, waren fünfzig weitere hinter den Schränken.

»Wie oft wird mich diese Geschichte mit den Schwestern noch
in den Arsch beißen?«, fragte ich.

Er lächelte. »Sie sind ein schlüpfriger Haufen. Alle älter.
Und sie wollen mich beschützen.«

»Du kannst dich glücklich schätzen. Ich bin ein Einzelkind.
Ich hänge mich an Freunde ran.«

Er stellte sein Glas ab und ließ seinen eiskalten Finger
zwischen meine Knie gleiten, aber er teilte sie nicht. Ein
Schauer rannte meine Schenkel hinauf, zu meinem Bauch,
wo die Hitze wütete, die ich nun über Wochen versucht hatte
einzudämmen. Ich hätte meinen Mund in dem Moment zu
lassen können, hätte nichts sagen müssen. Ich hätte einfach

nur meine Beine öffnen müssen und ihm damit die Erlaubnis geben können, alles zu machen, was er machen wollte.

»Ich habe noch etwas anderes zu sagen«, flüsterte ich.

»Sag es mir.«

»Ich bin eine Musikerin. Das ist es, was ich tue. Du kannst dich da nicht einmischen. Sogar für den besten Sex aller Zeiten kannst du nicht meine Pläne, meine Proben, durchkreuzen.«

»Das ist das Letzte, was ich tun würde«, sagte er.

»Das bedeutet auch, falls ich Gefühle entwickeln und denken würde, dass mein Herz zerfetzt werden könnte, auch wenn du dich wie der perfekte Gentleman verhalten solltest, dass es keinen Unterschied machen würde. Es wäre vorbei. Auch wenn du nichts falsch gemacht hättest. Für Derartiges habe ich einfach keine Zeit.«

Er rieb seine Handflächen über meine Schenkel, dann zurück zu meinen Knien, während seine Daumen sanft über die Innenseite strichen. Ich ließ sie geschlossen. Ich wollte, dass er mich seinem Blick öffnete. Ich wollte den Druck seiner Finger auf meinem Fleisch spüren, und ich wollte ihm entgegenwirken, nur ein bisschen.

»Es gibt etwas anderes, über das ich mir Gedanken gemacht habe«, sagte er.

»Schieß los.«

Er schob seine Hand unter meinen Rock und ließ zwei Finger unter mein Höschen gleiten, als ob es nicht existieren würde. Das Eindringen fühlte sich köstlich an und mein billiger Strickrock rutschte ein wenig nach oben, bis das Dreieck meiner Unterwäsche zum Vorschein kam. Als er nach unten sah, fühlte es sich so an, als würde er mich erneut berühren.

»Mir gehören deine Orgasmen.« Er zog mich nach vorne, an den Rand des Sitzes, bevor ich antworten konnte. Seine Bewegung war ruckartig, verlangend, und ließ keinen Raum für Fragen.

»Ich weiß nicht, was das bedeuten soll«, keuchte ich, als er mir mein Höschen und den Rock auszog. Er brachte seinen Finger unter mein rechtes Knie und platzierte es über die Lehne des Stuhls. Ich ließ ihn. Ich wollte, dass er es machte. Je weniger ich mich wehrte, desto erregter wurde ich, vor allem als er das Gleiche mit meinem linken Bein machte. Meine Beine waren auf dem Stuhl jetzt weit auseinandergespreizt. Es gab nichts, das mehr zwischen ihm und meinem Geschlecht lag.

»Es bedeutet«, sagte er, während er seine Hände über die Innenseite meiner Schenkel gleiten ließ, »dass du kommst, wenn ich es sage. Nicht vorher. Wenn ich dich ohne einen Orgasmus nach Hause schicke, dann wirst du damit klarkommen müssen, bis wir uns wiedersehen.« Er sah mich an, als wäre er sich nicht sicher, wie ich reagieren würde. Seine grünen Augen verdunkelten sich in dem Licht des Nachmittags.

»Meine Finger reichen bis da runter, weißt du«, sagte ich.

»Das System basiert auf Vertrauen«, sagte Jonathan, während er einen Daumen über jede feuchte Schamlippe fahren ließ und damit ein vibrierendes Summen zurückließ, vergleichbar mit einer gezupften Saite.

Ich stöhnte. Waren seit dem letzten Mal wirklich nur zwei Wochen vergangen? Mit meinem Hintern, der immer weiter vorrutschte, meinen Beinen über den Stuhllehnen und meiner pinken Feuchte unter seinen Fingern, fühlte es sich so an, als hätte es sich schon vor längerer Zeit begonnen aufzustauen.

»Ok.« Ich hätte allem zugestimmt.

»Ok, was?« Er kniete sich vor mich und küsste die Innenseite meines Knies, bevor er mit seiner Zunge meinen Schenkel hoch leckte. Ich berührte seine Schulter und er packte sofort meine Hände, um sie auf meine Knie zu platzieren. »Sag es.«

»Dir gehören meine Orgasmen.«

»Und?« Er biss zu, den Ort, an dem mein Schenkel in mein Geschlecht überging. Der Schmerz war beißend und perfekt. Ich vergaß meine Worte für eine Sekunde. »Wann kommst du?«, fragte er. Seine Hände packten meine Schenkel, dann spreizte er mich noch weiter auseinander. Es tat nicht weh. Es fühlte sich so an, als würde ich mich ergeben. Es fühlte sich so an, als würde ich meine Kontrolle an ihn abtreten. Es fühlte sich sicher an.

»Ich komme, wenn du es sagst«, flüsterte ich.

»Ich habe an nichts anderes denken können, als an das hier«, sagte Jonathan und drückte dann seine Zunge gegen meine Klitoris. Er wärmte sie mit seinem Atem, bewegte seine Zunge aber nicht. Ich keuchte auf und packte ihn am Hinterkopf. Er entfernte seine Zunge, und als ich versuchte, ihn wieder dorthin zu drücken, nahm er meine Handgelenke in eine seiner Hände. Er saugte an meiner Klitoris, behielt meine Hände aber gefangen. Ich war seiner Zunge hilflos ausgeliefert, das sanfte Gegenstück zu seinen groben Händen. Die Spitze seiner Zunge strich einen Pfad von meiner Klitoris bis zu meiner Öffnung, reizte diese, bevor er dort leicht saugte. Wärme durchfuhr meinen Körper. Ich warf meinen Kopf nach hinten und das Atmen fiel mir schwer.

»Zu diesem Abkommen gehört auch«, sagte er, bevor er seine Zunge wieder zurück zu meinem Schenkel bewegte, »dass du mir sagen musst, wann du soweit bist.«

»Okay.«

»Du bist heute wirklich sehr umgänglich.« Seine grünen Augen sahen mich über meinen Intimbereich hinweg an. Ich würde allem zu stimmen, was von diesem Gesicht kam.

»Das nächste Mal kannst du mich ja fragen, wenn ich eine Hose trage.«

Er krabbelte zu mir hoch und küsste mich. Ich konnte meine Säfte an seiner Zunge schmecken. Meine Beine waren noch immer weit gespreizt und er war noch immer völlig bekleidet. Er ließ meine Hände los, um mit seinen Fingern über meine Brüste zu streicheln. Ich griff mit einer Hand nach seinem Gürtel und umfing mit der anderen seine harte Länge in seiner Hose.

»Lass mich«, sagte ich.

»Später.«

»Jetzt.«

»Meine eigenen Orgasmen gehören auch mir«, sagte er.

»Meine Güte, du bist aber ein gieriger Bastard.«

Er küsste mich erneut, bevor er aufstand und auf mich herunterstarrte. Ich versuchte, mein eines Bein von der Lehne zu nehmen, aber er hielt meinen Knöchel in einer Hand.

»Beweg dich noch nicht«, sagte er. Dann trat er zurück.

Ich sah seine Erektion unter seiner gut sitzenden Hose und er versuchte gar nicht , diese zu verstecken. Alles, was er tat, war dort zu stehen, zu lächeln und mich anzuschauen, während ihm mein Geschlecht offenbart wurde. Ich wusste, dass er mich nicht ficken würde und ich wusste auch, dass er mich nicht kommen lassen würde. Egal wie unbefriedigt mich dies zurücklassen würde, denn mein Körper wollte ihn, ohne einen Gedanken an irgendwelche Abkommen oder Regeln zu verschwenden. Ich wusste, dass er diese Begegnung in die Länge ziehen würde, bis ich vor Begierde überkochte. Ich wollte ihn und ich würde so lange warten, wie er sagte.

»Es war ein langer Flug«, sagte er. »Ich könnte einen Drink gebrauchen.«

»Und danach?«

»Du hast doch gesagt, dass du einen Auftritt hast.« Er kniete sich erneut hin.

Für eine Sekunde nahm ich an, dass er seine Zunge wieder zwischen meine Beine stecken und den Job beenden würde, aber er nahm stattdessen einfach nur langsam meine Knie von der Lehne des Stuhls.

»Gott«, sagte ich. »Diese Orgasmus-Sache wird mich in eine Millionen winziger Teilchen zerbrechen.«

»Was ist, wenn es das aber wert ist?«

»Darauf zähle ich.«

Jonathan hob mein Höschen vom Boden auf und hielt es auf, während ich meine Zehen hineinsteckte, dann schob er es wieder an seinen Platz, sobald ich mich hinstellte. Er kniete noch immer, mit seinen Händen auf meinen Schenkeln, als er sagte: »Heb deinen Rock auf.« Das tat ich. Er legte seine Hände auf meinen Arsch und drückte mir zwischen meine Beine einen Kuss auf. Durch das Material meines Höschens. Nervenenden, von denen ich nicht wusste, dass sie existierten, explodierten wie eine Runde Munition.

Eine Million winziger Teilchen, da war ich mir sicher.

drei

»Was würdest du gerne trinken, Monica?«, fragte Jonathan, als würde er zum ersten Mal merken, dass er keine Ahnung hatte, was ich mochte. Meine Mutter wäre mit einer derart frühen Intimität nicht einverstanden, aber Mom hatte auch noch nie an einer urtümlichen Theke aus Holz, in der Lobby eines *Loft Clubs* gesessen. Sie hatte noch nie die Aussicht von Los Angeles genießen können, welche in den Westen reichte, vom Stadtzentrum bis zum Wasser, war niemals mit einem anderen Mann als meinem Dad zusammen gewesen, hatte niemals in nur einer Nacht, Getränke an fünfundsiebzig Leute verteilt oder außerhalb der Kirche eine Note geträllert. Ich hatte aufgehört, von meiner Mutter Ratschläge über das Leben anzunehmen, ungefähr zu der gleichen Zeit als ich mich von meiner ersten Liebe getrennt, und angefangen hatte, mit Kevin zu schlafen.

»Ehrlich gesagt hätte ich gerne das Gleiche wie du«, sagte ich. »Single Malt, wenn sie den haben.«

»Gehe ich richtig in der Annahme, dass du gerne etwas Eis hättest, um daran zu saugen?«

»Du nimmst richtig an.«

Der Barkeeper, ein alter Kerl, der so aussah, als wäre er dazu in der Lage einen Bullshot oder einen Harvey Wallbanger zu mixen, ohne ins Buch sehen zu müssen, warf Eis in zwei Gläser und goss zwei Finger breit MacAllen in jedes.

Der Raum war riesig und nicht zu bevölkert. Zumeist trugen die Mitglieder kreative und klassische Outfits. Filmproduzenten, Talentagenten, Anwälte aus der Unterhaltungsbranche, Leute von Werbeagenturen. All diese Leute saßen hier in viereckigen, gepolsterten Sesseln, die um einige Tische herumstanden. Das Personal schwirrte zwischen den Tischen hin und her, übertraf sich in ihren Aufmerksamkeiten gegenseitig und versuchte trotzdem so unauffällig und unsichtbar wie möglich zu sein. Ich überzeugte mich davon, dass jeder außerhalb der Hörweite war.

»Wie lange bist du hier schon Mitglied?«, fragte ich.

»Mein Vater hat mir eine Mitgliedschaft zum *Gate Club* besorgt, als ich achtzehn geworden bin. Ich bin dann ein paar Jahre später hier in die Gegend gezogen.«

Iggy Winkin, der Kerl, der sich im Studio um den Sound kümmerte, hatte eine Freundin, die im Club *KatManDo* arbeitete. Handelte sich wahrscheinlich um die gleiche Sache, und er hatte gesagt, dass eine Mitgliedschaft für ein Jahr bei fünfunddreißig Riesen liegen würde. Obszön, gewiss, aber wer war ich schon? Ich versuchte etwas gänzlich anderes zu erreichen, und eine Unterhaltung über Geld würde das Gespräch in eine ganz andere Richtung lenken.

»Die müssen dich doch hier drin kennen«, sagte ich.

»So ziemlich. Die ganzen alten Herren auf jeden Fall. Wie Kenny dort drüben.« Er verwies auf den Barkeeper. »Er hat mal im *Gate* gearbeitet. Kannte meinen Vater. Hat mir Geschichten erzählt, von denen ich nichts hören wollte.«

»Zum Beispiel?«

»Du bist heut mit Fragen angefüllt.«

»Ich versuche meine Gedanken von dem Gefühl zwischen meinen Beinen abzulenken.«

Er lehnte sich näher zu mir rüber. »Beschreibe dieses Gefühl.«

Ich nippte an meinem Drink. Ich hatte kein einziges Wort, nicht einmal einen Ausdruck, um diesen primitiven Hunger, dieses körperliche Verlangen, zu beschreiben. Ich flüsterte: »Es fühlt sich an, als hätte mich jemand an eine Fahrradpumpe angeschlossen und zu viel Luft reingepumpt. Ich fühle mich zu voll. Es ist deine Schuld. Also erzähl mir was. Kenny und dein Dad. Denk dir etwas aus, ist mir egal.«

»Mein Vater ist ein Alkoholiker. Ein armseliger und passiver Alkoholiker und Kenny hat ihm über drei Jahrzehnte ein paar Tausend Liter an Wodka eingeschenkt. Sein Hocker war der am Ende der Bar, gleich dort.« Er zeigte auf einen Bereich, der von einem ungefähr dreißigjährigen Kerl bevölkert wurde, der einen cremefarbenen Anzug und eine blaue Krawatte trug. »Allerdings würde ich viel lieber weitere Einzelheiten zu dem Zustand zwischen deinen Beinen erfahren.«

»Es frisst mein Gehirn auf. Dein Körper sieht einfach nur noch wie eine Oberfläche aus, an der ich mich gerne reiben würde. Ich kann in diesem Zustand nicht denken. IQ Punkte gehen mir verloren. Ich kann nur noch in kurzen Sätzen sprechen. Zurück zu Kenny. Wie oft hat er dich hier bereits mit einer Frau gesehen, die sich an deinem Körper reiben wollte?«

»Ist das wichtig?«

»Nein, ist es nicht. Und ja, weil ich wissen möchte, ob ich dieses oder erst nächstes Mal ein Streichholzbriefchen klauen soll.«

Er lachte sanft, bedeckte dabei seinen Mund. »Ich will dich küssen, aber es ist ein Typ hier, der sich um die Akquisition bei *Carnival Records* kümmert und ich will dich vor ihm nicht lächerlich machen.«

»Wer?« Ich streifte meine Haare hinter meine Ohren und versuchte so sehr, mich nicht umzuschauen, dass ich wahrscheinlich überall auf einmal hinsah.

»Eddie, hey«, sagte Jonathan zu einem Mann, der hinter mir stand. Er war in Jonathans Alter, muskulös und gutaussehend, mit zurückweichenden schwarzen Haaren, die er nach vorne kämmte, was so wirkte, als würde er es machen, um eine beginnende Glatze zu kaschieren, aber eigentlich tat er es aus modischen Gründen.

»Jon, wie geht's? Hast du das Spiel gesehen? Wir sind untergangen.«

»Ich kann es mir nicht mehr anschauen«, antwortete Jonathan.

»Natürlich hast du es nicht gesehen, tust du nie«, sagte Eddie, bevor er mich ansah. »Ich bin Ed. Wir haben zusammen für Penn gespielt.«

»Was gespielt?« Es war mir peinlich, dass ich es nicht wusste, aber es war mir nicht so peinlich, dass ich nicht fragte.

Eddie sah Jonathan an, dann wieder mich. »Du bist keine von seinen Schwestern.«

Jonathan lächelte, also wusste ich, dass Eddie auf nichts Schlimmes anspielte.

»Das ist Monica. Keine Verwandtschaft«, sagte Jonathan.

»Ah«, sagte Eddie, als er seine Hand ausstreckte, um meine zu schütteln. »Dann tut es mir leid. Nett, dich kennenzulernen. Jonathan hat geworfen. Ich saß auf der Bank.«

»Nett, dich kennenzulernen, Ed.«

»Monica ist eine Sängerin«, sagte Jonathan, »aber sie findet die Zeit, die Dodgers zu verfolgen.«

»Mein Beileid euch beiden«, sagte Eddie.

»Ich bin von Echo Park«, sagte ich. »Ich weiß allerdings nicht, was seine Entschuldigung ist.«

Jonathan tat so, als wäre er beleidigt worden und sah dann auf seine Uhr. »Hast du nicht einen Auftritt?«

Ich leerte meinen Whiskey. Die Eiswürfel waren riesig, also konnte ich keinen in meinen Mund stecken, so wie ich das für Jonathans Genuss eigentlich geplant hatte. »Das habe ich. Die Zuhörer bei einem späten Abendessen erwarten mich im *Frontage*. Ed, es war mir eine Freude, dich kennengelernt zu haben.«

»Oh, *du* bist das also«, sagte er.

»Vielleicht. Kommt darauf an, was du gehört hast.«

»Ich habe gehört, dass dort jemand das Haus zum Niederknien bringt.«

»Ich glaube nicht, dass ich damit gemeint war.«

Jonathan stellte seinen Drink ab. »Sie ist es. Mit einem Mikro in der Hand ist sie nicht so bescheiden.« Er richtete die nächsten Worte an mich: »Na komm, ich begleite dich zu deinem Auto runter.«

Wir verabschiedeten uns, und als Jonathan mich rausbegleitete, legte er seine Hand auf meinen Rücken. Meine Haut kribbelte, wo er mich berührte.

»Danke dafür«, sagte ich im Gang, als wir auf den Fahrstuhl warteten. »Dieser Kerl, er ist in meiner Welt sehr wichtig. Du hast meine Person in ein gutes Licht gerückt.«

»War mir eine Freude, und nur damit du es weißt, ich hätte nichts gesagt, wenn du nicht so singen würdest, wie du es nun einmal tust.«

Der Fahrstuhl war leer. Ich küsste ihn auf dem Weg nach unten, nicht um es mit Sex enden zu lassen, sondern weil er mich mit seinen Worten bewegt hatte. Seine Arme glitten um meine Taille und umfingen meinen Rücken, sein Mund erwiderte meine Zuneigung und kam dem Ton und dem Inhalt in einer Art und Weise gleich, die ich versuchte, ihm mitzuteilen. Dass er meinen Körper wollte, war mir genug, aber dass er auch noch meine Arbeit unterstützte, war neu für mich und es verlangte nach einer anderen Art von Kuss. Ich wünschte, dass es mehr Stockwerke geben würde, denn die Türen öffneten sich, bevor ich ihn ausreichend gewürdigt hatte.

Lil stieg aus, als sie uns kommen sah. Ich hatte noch genug Zeit, um wieder zu meinem Auto zu gelangen und rechtzeitig im *Frontage* anzukommen, um mich fertigzumachen.

»Melde dich bei mir«, sagte Jonathan, »nach deinem Auftritt?«

»Normalerweise gehe ich danach immer noch mit meinen Freunden aus.«

Er ließ seinen Blick über meinen Körper wandern, als würde er mich roh verspeisen wollen, genauso wie er es getan und versteckt hatte, als wir uns zum ersten Mal begegnet waren. Aber jetzt musste er es nicht verstecken. »Wenn es dir nichts ausmacht, dass wir noch etwas zu erledigen haben, dann ist das für mich in Ordnung«, sagte er.

Ich stieg in den Bentley und er lief zurück in den Club.

vier

Der Umkleideraum im *Frontage* hatte sich seit meinem letzten Besuch vor zwei Wochen nicht einmal ein wenig zum Besseren entwickelt, allerdings hatte sich meine Einstellung diesbezüglich geändert. Wir hatten an einem Donnerstagabend angefangen und waren nun gefragt worden, ob wir für Sonntag und auch Dienstag zurückkommen könnten, bis wir keine Lust mehr oder was besser zu tun hätten. Soviel ich mich auch darüber beschwerte und stöhnte, sie bezahlten bar und nahmen uns bei Nebenausgaben nicht aus. Nach diesem ersten Auftritt hatten wir für neue Kundschaft gesorgt, also hatten sie damit angefangen, uns ein Abendessen auszugeben und reichten uns nach verschiedenen Sets auch mal Getränke. Ich genoss es, dass ich mich zur Abwechslung mal wie etwas mehr fühlte, als eine Getränke jonglierende Augenweide, die Trinkgeld in Fünf-Cent-Stücken ausgezahlt bekam.

Gabby war bereits da und schmierte Beige unter ihre Augen. Diese Nacht gehörte uns. WDE hatte einen Tisch gebucht. Rhee, die Hostess, hatte uns mitgeteilt, dass es der Wahrheit entsprach und auf meine Anfrage hin hatte sie die

Agenten bei dem Lautsprecher auf der linken Seite platziert, der den wärmsten Klang hatte.

»Hast du deinen Sitz auf Kaugummi untersucht?«, fragte Gabby.

»Kein Kaugummi«, antwortete ich, während ich durch die Fläschchen und Tuben in meiner Kosmetiktasche kramte.

»Stimmbänder befestigt?«

»Ich hoffe, du bekommst Karpaltunnel.«

»Zicke«, sagte sie.

»Snob«, erwiderte ich. Wir lächelten uns im Spiegel an.

Ich hatte Gabby während meines ersten Tages auf der Schule für darstellende Künste und Musik in L.A. kennengelernt gehabt. Ich war groß aber schlaksig und merkwürdig. Brille und Zahnspange, die gesamte Farbpalette. All die anderen schienen sich bereits zu kennen. Sie gehörten alle zu einer Gruppe von Musikern, die von der Westküste hergezogen waren. Allesamt, wie ein Magnet, der über allen schwebte, waren sie angenommen worden und gleich in die neunte Klassenstufe gerutscht. Ich hatte meine Bewerbung ausgefüllt und war hinter dem Rücken meiner Eltern mit dem Bus zu dem Vorsingen gefahren. Ich hatte sie darüber aufgeklärt, auf welche High School ich gehen würde, als die schriftliche Zusage ins Haus geflattert kam.

Während ich also in dieser ersten Woche versucht hatte, mich zurechtzufinden, hatten Gabby und ihre Gruppe bereits den totalen Durchblick. Total unvorbereitet für den Wettkampf, war ich immer wieder Gelächtern ausgesetzt gewesen, das vielleicht oder vielleicht auch nicht darauf zurückzuführen gewesen war, dass ich eine halbe Tonart danebengelegen hatte, das Opfer einer kaputten Gitarrensaite wurde und den Rest eines blauen Kaugummis an meinem Schlagzeugfell gefunden hatte. Während der letzten Stunde an meinem ersten Donnerstag, als ich mich auf einen Stuhl gesetzt hatte und dieser unter mir zusammengebrochen war, wurde ich von Gelächtern begleitet, was dazu geführt hatte, dass ich heulend aus dem Raum gerannt war.

Die letzte Person, von der ich erwartet hatte, dass sie hinter mir herrennen würde, war Gabrielle. Sie hatte am lautesten gelacht, am härtesten gestarrt, ihre blonden Haare mit dem meisten Elan über ihre Schultern geworfen. Ich hatte noch nie zuvor jemanden kennengelernt, der sein Leben so unter Kontrolle hatte. Das alles hatte sich allerdings geändert, als sie in ihrem zwanzigste Lebensjahr einen emotionalen Zusammenbruch erlitten hatte.

»Was willst du?«, hatte ich geschrien, als sie mir ins Badezimmer gefolgt war. »Warum seid ihr alle so gemein zu mir?«

»Von was redest du da bitte?«

»Ihr habt gelacht, als ich gefallen bin.«

»Es war lustig. Ich meine ja nur, dass du jetzt seit einer Woche hier bist und wenn es einen kaputten Stuhl oder eine Gitarre mit einer ruinierten Saite gibt, dann entscheidest du dich dafür. Die Jungs haben eine Wette auf dich abgeschlossen, wann du deine Brille im Sportunterricht zerbrechen wirst.«

Ich wollte mich richtig mit ihr streiten. Ich wollte sie für eine Woche voller Katastrophen und Qualen verantwortlich machen, aber die Tatsache war, dass ich mich für die Gitarre entschieden hatte, weil sie Blau war und ich hatte nicht geschaut, ob die Saiten in Ordnung waren. Der Kaugummi hatte recht alt gewirkt, aber ich hatte sie trotzdem alle beschuldigt und in diesen Stuhl hatte ich mich gesetzt, weil er am weitesten von allen entfernt stand.

»Jeder sagt, dass du ein Snob bist«, hatte Gabby gesagt.

»Ich bin kein Snob. Ich bin eine Zicke.«

Ich hatte für eine Sekunde auf der Innenseite meiner Lippe rumgekaut, denn es war nicht normal, dass merkwürdige Mädchen riskierten, so etwas zu einem der coolen Mädchen zu sagen. Eine Sekunde später lachte sie, was mich auch zum Lachen brachte.

»Komm und setz dich in der Mittagspause mit zu uns«, hatte sie gesagt. »Ich denke, mein Bruder ist in dich verknallt, also...eklig. Okay?«

Von dieser Mittagspause an hatte sie versucht, mich in die beliebte Gruppe einzuweben, wie eine ergänzende Stimme in einer Symphonie, hatte sie mich einfach dazugefügt, als hätte sie gewusst, dass ich im gleichen Rhythmus und der gleichen Tonart fungierte und dass mein Einstieg nach den ersten Maßnahmen einfach noch nicht richtig arrangiert gewesen war.

»Fühlst du dich entspannt?«, fragte ich Gabby in dem Umkleideraum, als sie an etwas Nicht-Existierendem in ihrem Gesicht herumstocherte. Sie war es bestimmt. Seit meiner Nacht mit Jonathan, als er mir versprochen hatte, Arnie Sanderson anzurufen, war sie ekstatisch gewesen. Der Anruf war nicht einmal nötig gewesen, aber jedes Licht am Ende ihres Tunnels war positiv.

»Nein, ich bin nicht entspannt.« Sie kicherte. »Schau!« Sie streckte ihre Hände aus. Sie zitterte. Normalerweise wollte man das bei einer Pianistin nicht sehen, aber in Gabbys Fall, sobald sie sich hinsetzte, würden ihr Körper und ihre Hände sich beruhigen. Dann würde sie alle umhauen. »Ich habe alle aus der Schule herbeordert. Ich habe Gefallen eingefordert. Und die ganze Gang von Thelonius? Alle hier. Darren auch.«

»Hat er seine neue Freundin mitgebracht?«

»Keine Ahnung. Fühlst du dich bei *Cheek to Cheek* sicher?« Wir hatten an einer Interpretation gearbeitet, die danach klang, als hätte Gershwin von mehr gesprochen als dem bloßen körperlichen Kontakt im Gesicht. Alle Lieder waren auf die Weise abgeändert worden und das hatte alle angelockt.

»Alles gut bei *Cheek to Cheek*.«

»Es passiert wirklich, Mon. Es ist real.«

»Hat auch lange genug gedauert.« Ich nahm meine Kosmetiktasche und schmierte wieder drauf, was Jonathan runtergeküsst hatte. »Wir unterzeichnen in der Früh keine Verträge. Wir haben noch nicht einmal eine CD oder so.«

»Du hast gesagt, dass wir uns darüber keine Sorgen machen müssten.«

»Ich habe mir darüber auch keine Gedanken gemacht, bis mir Jonathan Eddie Walker vorgestellt hat, als ob ich nicht gewusst hätte, wer er war, aber wenn er mich nach einer CD gefragt hätte, hätte ich keine gehabt.«

Ich beobachtete sie im Spiegel und sah, wie ihre Augen an Glanz verloren. Sie machte eine Kalkulation in ihrem Kopf und sie brauchte etwas, bis sie mit einer Antwort wieder auftauchte.

»Penn«, sagte sie.

»Richtig, sie waren zusammen auf der Universität von Pennsylvanien, aber weißt du, welchen Sport sie gespielt haben?«

Wenn Gabby etwas nicht wusste, tat sie nicht so, als würde sie es wissen, also kam ihre Antwort schnell. »Nein.«

»Baseball.«

Sie drückte ihren Mascara-Stift zurück in das Röhrchen, langsam, während sie drauf starrte. Ich konnte beinahe sehen, wie sie die neuen Informationen abspeicherte und diese in ihrem Kopf dann mit den anderen Puzzleteilen über Hollywood verglich.

»Danke, dass du das hier machst«, sagte sie. »Ich weiß, dass du diesen Restaurantauftritt eigentlich nicht machen wolltest, aber ich habe ein gutes Gefühl und ich würde es ohne dich nicht schaffen.«

»Na ja, ich lag falsch. Ich hätte gleich ja sagen sollen. Das Ding mit Auftritten ist, dass du auftreten musst, sonst schwingst du nur große Reden, richtig?«

»Das ist genau, was ich immer sage. Wenn wir WDE auf unsere Seite kriegen, können wir vielleicht damit anfangen, *deine* Lieder zu spielen.«

Ich zuckte mit den Achseln. Meine Lieder waren wutgebeutelte Hetzreden im Sinne der Punkbewegung und würden sich nicht auf eine entspannte Atmosphäre, die ich jetzt mit Gabby verfolgte, übertragen lassen. Wenn wir es schaffen würden, in dieser klavierbasierten Umgebung einen Agenten für uns zu gewinnen, hatte ich keine Ahnung, was ich dann mit ihm anstellen sollte. Ich konnte mich nicht einfach von heut auf morgen von der Sängerin Exene in eine Sade verwandeln. Als eine Spielerin von Tasteninstrumenten konnte Gabby alles und überall spielen, aber ich würde mich bei dem ersten Anflug von

Erfolg, der jetzt im *Frontage* real werden könnte, in einer Welt voll Scheiße wiederfinden. Ich hatte keine Lieder fertig.

»Etwas über dieses Treffen mit Eddie habe ich dir noch nicht erzählt«, sagte ich und versuchte leichtfertig zu klingen.

»Ist er süß?«

»Ja. Und er hatte bereits von uns gehört.«

»Er wollte dich flachlegen.«

»Nein, er wusste nicht, dass ich die Person war, die hier singt, als er es erwähnt hat. Also, er wusste es schon, aber er hätte auch einfach etwas Höfliches sagen können, wie zum Beispiel, *oh, wie nett*. Aber das hat er nicht. Stattdessen ging es in die Richtung von, *Oh, du bist das?*«

»Was hat er denn genau gesagt?«

»Er hat von jemandem gehört, der das Haus im *Frontage* zum Niederknien bringt.«

»Von jemandem?«

Ich wurde abweisend. Sie hatte mich durch die Schule gebracht. Ich würde sie niemals zurücklassen. »Er hat es nicht so ausgedrückt, als wäre es nur eine Person. Wenn man von der Art und Weise ausgeht, wie er es gesagt hat, hätte er auch eine Swingband meinen können.«

Gabby warf ihre Fläschchen und Tuben wieder zurück in ihr kleines Täschchen. »Ich werde besser rausgehen«, sagte sie. »Ich muss sie aufwärmen.«

Wir umarmten uns wie Schwestern und ich machte mich wieder daran, mein Gesicht präsentabel herzurichten.

Als ich Jonathan erzählt hatte, dass er sich glücklich schätzen konnte, Geschwister zu haben, meinte ich es auch so. Ich hasste es, ein Einzelkind zu sein. Ich hasste es, wenn mich meine Mutter ansah, als hätte ich sie enttäuscht, weil ich ihr erstes und letztes Kind gewesen war, als ob es meine Schuld gewesen wäre, dass sie während des Kaiserschnitts Krebs entdeckt hatten. Ich hatte es gehasst, das einzige Kind im Haus gewesen zu sein. Ich hasste es, für jeden Erfolg und Misserfolg von den Kindern meiner Eltern, verantwortlich gemacht zu werden. Die Aufmerksamkeit war toll, außer wenn ich davon hatte sterben wollen.

Wenn irgendetwas dem Einzelkind zustößt, dann gibt es keine Absicherung. Falls sie eine Drogenabhängige wäre, sind alle Kinder drogenabhängig. Falls sie in einem Autounfall sterben würde, wäre die gesamte Familie mit einem Mal ausgelöscht.

Auf eine gewisse Weise fühlte ich mich nie wohl, wenn ich mit anderen Menschen zusammen war, aber genauso gierte ich auch nach Gesellschaft. Ich brauchte sie zu sehr. Also hatte ich eine Vielzahl von Bekannten, vielleicht vierhundert in einer lockeren Musikszene um Echo Park und Silver Lake herum. Ich könnte einen Club füllen, wenn ich das wollte, aber abgesehen von den Kerlen, die mich flachlegen wollten, war ich nicht sonderlich dazu inspiriert, eine tiefere Beziehung mit ihnen einzugehen, mit Ausnahme von Darren und Gabby natürlich, die Waisen waren und mich genauso sehr brauchten wie ich sie.

fünf

Ich spähte ins Restaurant. Darren saß mit einer großen Gruppe an der Bar. Ich erkannte alle: Theo, Mark, Ursula, Mollie und Raven. Darren war Mister Beliebt. Er hatte mit jedem, den er jemals im gut betuchten Teil von Los Angeles getroffen hatte, einen Insiderwitz am Laufen. Er hatte ein Gehör für Sprachen und eine Art und Weise zuzuhören, welche ihm die Türen zu vielen Menschen, die in Reichweite standen, öffneten.

Mir fiel kein Mädchen auf, das ich bisher noch nicht kannte, also war er entweder ohne sie aufgekreuzt oder ich kannte sie bereits. Ich vermied es, in die Richtung des Tisches zu schauen, der bei dem Lautsprecher stand. Ich wollte nicht wissen, ob sie aufgetaucht waren oder ob es ein Tisch voller Assistenten war, die sich auf Kosten des Unternehmens volllaufen ließen. Auch wollte ich keinen leeren Tisch mit einer riesigen „Reserviert" - Karte vorfinden. Ich wollte gar nichts sehen; ich brauchte nur zu fühlen.

Seit zwei Wochen zapfte ich Energie von meiner Nacht mit Jonathan ab und nach heute Nachmittag in dem Loft Club fühlte ich mich wieder aufgeladen, aber auch besorgt. Ich konnte mir nicht erlauben, davon auszugehen, dass er mich jedes Mal in diesen erregten und heißen Zustand bringen würde, damit ich zu dem Pochen zwischen meinen Beinen singen konnte. Ich hatte keine Ahnung, wie lange er mich noch an meinem Höschen umherzerren würde, aber es würde sicherlich nicht lange genug andauern, um darauf eine Karriere aufzubauen.

Rhee stand bei der Tür, auf der anderen Seite des Raumes, Haare hochgesteckt und wie immer mit einem Lächeln auf den Lippen. Eine farbige Frau in ihren Vierzigern, die keinen Tag älter aussah als dreißig. Sie zwinkerte mir zu, als sie mich erspähte, und neigte ihren Kopf in die Richtung des Tisches, der bei dem warmen Lautsprecher stand, den ich von hier allerdings nicht sehen konnte.

Wie es mein Vater sagen würde, es war *Achtung, fertig, los!*-Zeit.

Das Management plante immer fünfzehn Minuten vor dem Auftritt ein, um das Talent durch den Raum laufen zu lassen und den Gästen die Möglichkeit zu geben, mich kennenzulernen. Meine Abneigung für diese Art von Auftritt hatte sich allerdings in dem Moment in Luft aufgelöst, als ich sah, was für scharfsinnige Geschäftsleute diese Operation hier leiteten. Mein Job war es nicht, wie zuerst angenommen, mit dem Hintergrund zu verschmelzen, sondern dass ich den Gästen das Gefühl gab, dass sie an einen Ort kamen, wo sie willkommen, etwas Besonderes und gewollt waren. Das Ziel war, an einen wiederkehrenden Kundenstamm zu kommen, und auch wenn neue Kunden motiviert wurden, war das Management doch der Meinung, dass die Gäste, die regelmäßig wiederkehrten, großzügigere Trinkgeldgeber, bessere Kunden und bessere Freunde waren, also das genaue Gegenteil zu dem konstanten Strom an Trendsettern.

Gabby war bereits dabei, auf ihrem Klavier, in der Mitte des Speisesaals, zu improvisieren. Ihre Augen waren geschlossen. Sie würde erst wissen, dass es Zeit war anzufangen, sobald ich in zwölf Minuten meine Hand auf ihre Schulter legen würde. Darren befand sich in einer angeregten Diskussion mit Theo und Mark und ich unterbrach die Drei, um sie zu begrüßen.

»Hi ihr«, sagte ich im Kollektiv zu Darren, Theo und Mark, »ihr müsst dann bitte so wirken, als würde ich euch glücklich machen, sobald ich anfange zu singen, okay? Bis jetzt klingt ihr noch so, als wären wir auf einer Beerdigung.«

Theo, der Maori Tattoos seinen Hals hochkrabbeln hatte, obwohl er ein dünner, schottischer Kerl war, zeigte mit einer unangezündeten Zigarette auf mich. »Sag ihm, dass er seinen Arsch zu den Boing Boing Studios bewegen soll. Er ist ein Mann ohne Band. Das ist ein Verbrechen.«

Darren rollte seine Augen und ich legte meine Hand auf seinen Arm, bevor ich für ihn sprach. »Er hat dir gesagt, dass er als Künstler erst reifen möchte, bevor er seinen Arsch an diesen Mann verkauft, richtig? Er hat dir gesagt, dass er sein Verfahren erst weiterentwickeln möchte, bevor er mit seinem Talent den Ruhm von anderen unterstützt?«

»Oy«, sagte Theo. »Jetzt tun mir meine Ohren weh.«

Mark mischte sich ein. Mit schwarz gerahmter Hornbrille und dem Jackett, das ein schmales Revers besaß, wäre es ihm nicht möglich gewesen, Theos Gegensatz noch besser zu verkörpern. »Du musst deine zehntausend Stunden reinbekommen, Kumpel. Das ist die Regel. Du kannst keine Kunstform mit unter zehntausend Stunden meistern. Dokumentiert. Du kannst ein Verfahren nicht in einem Vakuum weiterentwickeln. Das kannst du mir glauben.«

Darren sah mich mit seinen großen, blauen Augen an. Armer Kerl. Er und Gabby besaßen durch das Erbe genug Geld, um davon zu überleben, aber mehr als ein Überleben war es auch nicht. Den Geldfluss, den die beiden genossen, schien sie davon abzuhalten, Dinge zu tun, die man machte, um zu wachsen.

»Darren, versuch es doch«, sagte ich. »Sei für fünfzehn Minuten ein Studiomusiker. Du machst hier wegen nichts und wieder nichts einen Riesenaufstand.«

Über Darrens Schulter hinweg sah ich ein Gesicht, das ich wiedererkannte und auch wenn ich eine Sekunde brauchte, bis mir der dazugehörige Name zu dem Gesicht einfiel, erkannte sie mich doch gleich, woraufhin sie mir zulächelte und winkte.

»Danke dir«, sagte Theo. »Gut gemacht, Mädchen.«

Aber meine Aufmerksamkeit galt der Frau in dem grünen Kleid. »Ich muss gehen«, sagte ich und lief in ihre Richtung.

Bevor ich auch nur einen halben Schritt machen konnte, griff Darren nach meinem Arm und flüsterte mir ins Ohr: »Hinter dir, der Teufel höchstpersönlich. Kevin.«

»Scheiße verdammt.«

»Kann man so sagen«, sagte er.

»Kannst du versuchen, ihn loszuwerden?«

»Unwahrscheinlich.« Er lächelte mich an, unsere Gesichter so nah, dass wir uns küssen könnten. Ich hatte Darren vor fast zwei Jahren für Kevin verlassen, und auch wenn er mir vergeben hatte, hatte er es doch niemals vergessen können.

»Scheiße. Was mach ich denn jetzt?«

»Du gibst dein Bestes und zeigst ihm, dass dieser Ort dir gehört.«

Richtig. Das ist meine Wirkungsstätte. Kevin war der Eindringling. Ich stellte mich aufrechter hin und setzte mich in Bewegung, um zu der Frau mit dem grünen Kleid zu gehen: Jonathans Schwester.

»Theresa«, sagte ich, »hi. Ich freue mich wirklich, dass du hier bist.«

Sie begrüßte mich mit einem Kuss auf beide Wangen. »Das musste ich, da ich ja schließlich diejenige war, die Gene von dir erzählt hat.«

»Oh, das warst du?«, fragte ich überrascht. »Danke dafür. Ich wusste nicht, dass du für WDE arbeitest.«

»Ich beaufsichtige die Finanzabteilung. Nicht sehr glamourös, aber ich habe ordentlich zu tun. Das ist meine Schwester, Deirdre.«

Deirdre war um die 1,80 m groß. Sie trug Jeans und eine Army Jacke. Ihre rotbraunen Locken waren einfach überall und ihre Augen waren genauso groß und grün wie die Hügel in Irland. Außerdem wirkten diese auch glasig, ihre Lider hingen auf Halbmast. Sie war betrunken und das Abendessen war bisher noch nicht einmal serviert worden.

»Hi«, sagte ich. »Es freut mich, dich kennenzulernen.«

Sie sah mich an, dann sah sie unbeeindruckt weg. Ich wurde ignoriert und irgendwie wirkte es persönlich. Ich drehte mich mit einem breiten Lächeln wieder zu Theresa. »Ich hoffe, dass dir das Unterhaltungsprogramm für heute Abend zusagen wird.«

Deirdre ließ ein Schnaufen von sich hören, woraufhin Theresa und ich, uns für eine Sekunde anstarrten. Es schien ihr genauso unangenehm zu sein wie mir, als sie sagte: »Das werde ich bestimmt. Komm danach noch einmal an unserem Tisch vorbei.«

Ich bedankte mich bei ihr und ging. Ich sah zu Rhee rüber. Sie sprach gerade mit einem Kunden, nickte und schien konzentriert, ihre dunkle Haut noch immer wie makelloser Samt, trotz ihrer zusammengekniffenen Brauen. Solange sie nicht auf mich konzentriert war, hatte ich eine Minute für mich. Ich ließ meine Augen über den Raum schweifen und sah Kevin, wie er mit seinem Kumpel Jack zusammensaß. Kevin winkte mich mit einer Hand rüber und schob mit der anderen gegen Jacks Schulter. Jack winkte mir kurz zu und verließ dann den Stuhl. Anscheinend sollte ich mich dahinsetzen. Ich wagte einen erneuten Blick in Richtung Rhee. Sie hielt fünf Finger nach oben. Ich hatte noch fünf Minuten. Perfekt. Ich rutschte auf Jacks Stuhl. Kevin stand nicht auf oder rückte mir den Stuhl zurecht. So etwas machte er nicht.

»Nett, dich hier zu sehen«, sagte ich.

»Du hast deine Nummer geändert.« Er ließ seine traurigen Augen auf mich wirken. Sie hatten einmal die Macht besessen, mich in einen Zustand der Panik zu versetzen, mit dem Eindruck, dass ich wohl irgendetwas gemacht haben musste, um ihn derart verletzt zu sehen. Seine großen, braunen Augen, die nach außen hin abfielen. Ein trauriges Gesicht, wie es im Buche stand, in einem Comicbuch. Seine Haare hatten diesen fettigen Hipster Style, eine großartige Ergänzung zu dem immer kurzgehaltenem Bart, was den Eindruck vermitteln sollte, dass er über derart unwichtigen Dingen, wie dem Gutaussehen in Gesellschaft, stand. Ich war einmal der Meinung gewesen, dass ihn das eleganter, intelligenter, spiritueller rüberkommen ließ, stattdessen hatte er einfach nur beim Aussehen einen glücklichen Triple abgeräumt und es nur zur Endbase geschafft, weil er durch ein Force Play beschissen hatte.

»Tut mir leid«, sagte ich. »Du weißt allerdings, wo ich wohne.« Ich lächelte, da ich Rhee den Anschein geben wollte, dass ich eine neue Person anwarb und keine streunende Katze, die dabei war, eine Fischgräte zu verteidigen.

»Das nennt man Stalking«, ließ er mich wissen. »Die Tatsache, dass du dich nicht mit mir unterhalten wolltest, spricht doch bereits Bände.«

»Yeah, na ja. Wir sind beide erwachsen und es sind bereits eineinhalb Jahre seit unserer Zeit vergangen. Ich habe noch viereinhalb Minuten. Schön, dass du hier bist.« Ich verankerte mein freundlichstes Lächeln auf meinem Gesicht, als ich den letzten Satz aussprach und er nahm es mir ab. Er nahm einen Schluck von seinem Bier und entspannte sich sichtlich.

»Es hat sich rumgesprochen, dass du hier singst. Jeder redet davon. ›Dieses Mädchen im *Frontage* wird dich zum Weinen bringen.‹ Sobald ich das gehört habe, dachte ich, dass es sich um dich handeln muss. Mein Kanarienvögelchen.« Ich war mir ziemlich sicher, dass ich errötete. Nein. Ich *wusste*, dass sich mein Gesicht rot färbte. Da er zum Ende unserer Beziehung nichts mehr Besseres zu tun gefunden hatte, als meine Musik schlecht zu machen, hatte ich seinen Kosenamen völlig vergessen. Allerdings erinnerte ich mich jetzt an alle Momente, in denen er mein Talent noch gewürdigt hatte. Diese Erinnerungen trafen ohne Umwege in mein Herz.

»Und sobald ich an dich gedacht habe…« Er unterbrach sich selbst und griff in seine Hosentasche. »Ich dachte, Mensch, ich hätte gerne, dass auch sie sieht, an was ich gerade arbeite. Dachte, dass wir uns vielleicht wieder vertragen könnten. Auf einer künstlerischen Basis, weißt du? Als Erschaffer in dieser verrückten Stadt.«

Er übergab mir eine Broschüre. Das Los Angeles Modern Museum veranstaltete eine Show während einer Sonnenfinsternis, und zwar jedes Mal, wenn irgendwo auf der Welt eine totale Sonnenfinsternis stattfand. Es war eine Gruppenveranstaltung, bestehend aus den derzeit angesagtesten visuellen und konzeptuellen Künstlern. Eine Einladung hatte die Macht, neuen Artisten die Türen zu öffnen, die Karriere von bereits etablierten Künstlern wiederzubeleben und ihnen endgültig einen Platz als Legende im Geschichtsbuch zu sichern.

Kevins Name war mittig auf der Liste vermerkt.

»Herzlichen Glückwunsch«, sagte ich. »Morgen Abend, häh? Hast du es schon aufgehängt?«

»Hab ich heute gemacht. Es sieht beeindruckend aus. Ist bisher meine beste Arbeit. Ich habe eine letzte Einladung zu vergeben und na ja...« Sein Ausdruck veränderte sich zu seinem tiefgründigen Künstlergesicht, bei dem er wegsah und eine schmerzerfüllte Maske auflegte, bevor er diese wieder von seinem Gesicht nahm. »Du hast zu meiner Arbeit beigetragen. Du warst meine Muse. Ich will, dass du kommst.«

Entweder hatte er einen neuen Gesichtsausdruck, den ich noch nicht kannte oder er meinte es wirklich ernst, denn sein Gesicht wirkte, mehr als alles andere, aufrichtig.

»Ich werde versuchen zu kommen. Ich freue mich für dich.«

Er lächelte und ich erinnerte mich, warum ich ihn einmal geliebt hatte. Nicht wegen dem ganzen ernsthaften Mist, sondern wegen seines Lächelns, das es fertigbrachte, sein ganzes Gesicht aufzuhellen und im gleichen Moment auch mein Herz.

Aus dem Augenwinkel heraus sah ich Rhee und stand auf.

»Ich werde dich auf die Liste setzen«, sagte er, als ich bereits davonlief.

Ich ging zum Klavier und berührte Gabbys Schulter. Sie öffnete ihre Augen.

Ich sah ein letztes Mal auf den Flyer, bevor ich ihn auf meinen Notenständer legte. Jonathans Ex-Frau, Jessica Carnes, stand ganz oben auf der Liste. Ich faltete ihn in der Mitte.

Gabby fing mit *Stormy Weather* an. Der Raum verstummte, auch wenn ich noch immer gelegentlich die typischen Geräusche von Besteck und dem Klirren von Gläsern wahrnehmen konnte. Ich musste meine Augen gegen das Scheinwerferlicht schließen.

Ich sang das Lied so, wie wir es geprobt hatten, natürlich einschließlich der sexuellen Begierde, aber irgendetwas fehlte.

Jonathans Berührungen am Nachmittag hatten meinen Körper für diesen Moment aufgeheizt, aber meine Gedanken drehten sich um Kevin und um alles, was er zu mir gesagt und was er verschwiegen hatte. Jede einzelne Erwartung, die ich nicht in der Lage gewesen war, zu erfüllen. Jedes Mal, wenn ich bei dem Erreichen meiner eigenen Ziele versagt hatte. Meine Enttäuschung brach in brutalen Wellen über mir zusammen, als ich damals gemerkt hatte, wie mich die Tatsache fertigmachte, dass er mich nicht auf diese bestimmte Art und Weise lieben konnte, die ich brauchte.

Ich hatte keine andere Wahl, als dieses Gefühl zu benutzen, denn ich fing gerade mit *Someone to Watch Over Me* an. Ich knurrte es aus meinem Zwerchfell heraus. Ich benutzte die Trennung, für die ich verantwortlich gewesen war, die mich von meinen Freunden abgeschnitten hatte, ohne die ich mir mein Leben nicht einmal vorstellen konnte. Mir war es nicht erlaubt gewesen, Schmerzen zu empfinden. Mir war es nicht erlaubt gewesen, zu trauern. Ohne Gabby und Darren wäre niemand mehr in meiner Nähe gewesen, der mir in dieser Zeit die Aufmerksamkeit hätte geben können, nach der es mir verlangte. Es hatte niemanden gegeben. Keine Schwestern, die mich vor schlechten Entscheidungen oder vor den raubtierartigen Liebhabern bewahrt hätten, die mir danach gefolgt waren. Keine Deirdre, um mich zu verteidigen. Niemand würde mich jemals auf diese Art und Weise beschützen oder sich um mich sorgen. Sobald ich diesen emotionalen Ort gefunden hatte, brüllte ich die letzte Note des Liedes heraus, entledigte mich von all dem angesammelten Schmutz, der das wütende Mädchen in meinem Herzen am Leben erhielt.

Danach fühlte ich mich gereinigt. Ich sang die anderen Lieder, wie wir es geplant hatten, mit Dynamik und Biegungen, die vom richtigen Ort in meinem Herzen kamen. Wir gipfelten den Auftritt mit *Moon River*, unsere sanfte Verabschiedung aus der emotionalen Achterbahn.

Ich atmete. Und alle applaudierten. Ich gewöhnte mich daran. Der Stolz, den ich dabei empfand, ließ mich nicht mehr wie einen Ballon anschwellen, wahrscheinlich, weil es nicht meine eigenen Lieder waren. Sie klatschten während des Essens wegen dem Talent, das ich preisgab und nicht über die Art und Weise, wie ich Lieder schrieb. Und genau diese künstlerische Distanz machte den Unterschied.

Ich nickte und blickte dann über meine Schulter. Kevins Tisch war leer. Typisch. Ich bedankte mich bei allen und genau wie all die Male zuvor, schlüpfte ich in die Umkleide. Gabby folgte mir auf dem Fuße.

»Was ist da draußen mit dir passiert?«, erwartete sie zu erfahren.

»Was meinst du?«

»Ich dachte schon, dass du bei *Stormy Weather* auseinanderbrechen würdest.«

Ah. Ich erinnerte mich. Gabby die Perfektionistin. »Ich habe es doch geschafft, den Auftritt danach noch aus dem Schlamm zu ziehen, oder nicht.«

»Jedes. Lied. Zählt.«

»Ähm. Danke, dass du mich nicht unter Druck setzt?«

»Dies war nicht die Nacht, um deine Stärke wiederzufinden, Mon.« Sie zeigte auf mich und beschuldigte mich, dass ich den Auftritt versaut hätte.

»Hey, wieso hältst du nicht mal für eine Sekunde die Luft an? Auch du solltest vielleicht vor dem Auftritt mal dein Gesicht dem Publikum zeigen. Die Gabby, die ich während der Schulzeit kennengelernt habe, hätte sich niemals hinter einem Klavier versteckt.«

Ich wartete nicht auf eine Reaktion. Ich lief einfach raus. Ich war ihr gegenüber unfair und gemein gewesen. Die Gabby, die ich aus der Schule kannte, würde nicht mehr zurückkommen, nicht nachdem sie der Depression verfallen war und bereits einen Selbstmordversuch hinter sich gebracht hatte. Diese Gabby hatte sich seit Jahren nicht mehr blicken lassen und nach ihr zu verlangen, war schlicht und einfach nicht fair. Ich kämpfte gegen eine tiefgreifende, selbstfüllende Einsamkeit an, die mich dazu trieb, Menschen von mir wegzustoßen.

Der Raum war voll, und die Leute, die in dem Bereich der Bar standen, drangen in den Bereich mit den Gästen ein, die hier waren, um zu essen. Die Bedienungen hatten Probleme damit, die Leute, Tische und verirrten Stühle zu navigieren. Ich schaffte es zu dem Tisch vor dem warmen Lautsprecher. Er war angefüllt mit Männern, gekleidet in perfekten Anzügen und bunten Krawatten, und Frauen in Blusen und Stachel-High-Heels. Typisch für Agenten. Theresa saß mit dem Rücken zu mir und Deirdre, mit ihrem abwertenden Blick, war nirgends zu finden. Die elf Agenten hatten, in kleinen Gruppen von zwei oder drei Leuten, so viele hitzige Diskussionen am Laufen, dass ich vorhatte, an dem Tisch vorbeizulaufen und so zu tun, als wäre ich nicht auf dem Weg dorthin gewesen.

»Monica Faulkner!« Ich hörte meinen Namen und hätte fast einen Herzinfarkt erlitten. Eugene Testarossa, zu dem ich vor ein paar Wochen auf dem Dach des *Stock* ein totaler Freak gewesen war, hatte mich gerufen.

»Hi«, sagte ich, während ich darauf wartete, dass er mich wiedererkennen würde. Ausgehend von seinem Gesichtsausdruck erinnerte er sich entweder nicht oder es war ihm egal.

»Netter Auftritt.«

»Danke.«

»Mein Name ist Eugene. Ich bin ein Agent für darstellende Talente bei WDE. Du hast von uns gehört?«

»Ja, natürlich.« Ich spann Lächeln zu Gold und versuchte mich davon abzuhalten, einen Typ zu umarmen, der ohne seinen Job und seine Verbindungen, nicht mehr als eine höfliche Abfuhr erhalten hätte.

»Ich würde mich gerne mit dir zusammensetzen, um etwas mit dir zu besprechen. Keine große Sache. Wir wollten uns gerade auf den Weg zum *Snag* machen. Hast du Zeit?«

Eine Einladung wie aus einem Traum. Aber nein. Ich würde Geschäftliches nicht über Drinks diskutieren. Und falls es nicht ums Geschäft gehen sollte, dann wollte ich nicht auf der Westside in einer scheiß Bar gefangen sein.

»Ich habe schon Pläne, tut mir leid.«

Er überreichte mir eine knallrote Karte, von der ich wusste, dass sie das WDE Logo enthielt. »Dann ruf mich an und wir machen etwas aus.«

»Danke. Wir haben gehofft, dass ihr heute Abend auftauchen würdet.«

»Wir? Du hast schon jemanden, der dich repräsentiert?«

»Nein, ich und Gabby.« Ich verwies auf sie an der Bar, sie stand neben Darren.

»Oh, die Klavierspielerin? Ich habe angenommen, dass sie zum Club gehört. Ähm. Na ja. Du musst sie nicht mitbringen, wenn du das nicht willst.« Mein Gesicht musste ihm gezeigt haben, was ich davon dachte, denn er stellte sich sofort aufrechter hin und hielt seine Hände auf eine abwehrende Art und Weise nach oben. »Aber kein Problem. Yeah, sicher. Euch beide. Zusammen. Darüber können wir uns unterhalten.«

»Großartig.«

»Okay, du meldest dich morgen bei mir«, wiederholte er noch einmal und legte dann sein Handy ans Ohr. Ich lächelte, aber ich wusste, dass ich mich in der Zukunft noch mit weiterem Arschlochverhalten auseinandersetzten müsste.

Ich trat rückwärts in den Gang. »Das werde ich machen«, sagte ich, und rannte beinahe in Iris, die schon so lange hier arbeitete, dass man sie in die Kategorie Möbelstück einordnen könnte. Nach den netten Worten und dem Schütteln von Händen, das ich hinter mich bringen musste, bevor ich zu Gabby konnte. Ich winkte ein letztes Mal und ging dann zu meinen Freunden, die an der Bar standen.

»Was ist passiert?« Gabby überfiel mich regelrecht. »Was hat er gesagt?«

Ich zeigte ihr die Karte. Sie umarmte mich, als hätte ich sie gerade wissen lassen, dass es ein gesundes Baby wäre.

»Gute Arbeit.« Darren erhob sein Bier.

»Macht um die Karte keinen so großen Aufriss, Leute. Bleibt cool, okay? Es ist keine große Sache«, sagte ich.

»Ah, Mädchen«, sagte Theo, »nichts an dir ist gerade auch nur annähernd cool.« Er nahm mein Kinn zwischen Daumen und Zeigefinger und schüttelte mein Gesicht. Ich schlug seine Hand spielerisch zur Seite.

»Lass uns heute Abend einen draufmachen«, sagte Darren. »Wir können jedes Wort, das heute gesagt wurde, nehmen und unters Mikroskop stecken.«

Oh nein. Das wäre überhaupt keine gute Idee. Ich müsste Gabby dann wissen lassen, dass sie bei diesem Deal optional war oder mir etwas ausdenken, für das ich zu einem späteren Zeitpunkt an den Pranger gestellt werden würde. Wenn sie herausfindet, dass ich sie retten musste, noch bevor sie Testarossa überhaupt kennengelernt hatte, würde sie sofort die Abkürzung nach Scheißstadt nehmen und ich wollte nicht, dass Darren und ich, ihr wieder überallhin folgen mussten. Unsere neu gewonnene Freiheit war soweit einfach unglaublich anregend gewesen.

»Ich habe schon Pläne«, sagte ich, während ich von einem Gesicht zum nächsten wechselte, bevor ich auf Gabbys landete.

»Oh je«, sagte Darren. »Kevin ist wieder zurück.«

»Es ist nicht Kevin«, sagte ich.

Gabby kniff ihre Augen zusammen. »Sag ab.«

»Das will ich nicht. Morgen rufen du und ich bei WDE an. Testarossas Assistent wird das Gespräch annehmen. Wir werden einen Termin um die Mittagszeit vereinbaren, damit er uns ausführt. Nun könnt ihr ruhig ausgehen und den Abend genießen. Na komm, gib mir eine Umarmung.«

Das tat sie. Gott sei Dank, denn ich wusste nicht, wie viel ich noch von dieser überzeugenden Sprache in mir hatte.

sechs

Ich schrieb Jonathan eine Nachricht, sobald ich ins Freie kam.

— Bist du noch wach? —

— Ich bin noch in der asiatischen Zeitzone.
Hellwach. —

— Bin ich auch. —

— Warum bist du dann noch nicht hier? —

— Ich komme! —

— ! —

— Das war doch nur ein Witz. —

Ich hatte mit Jonathan ausgemacht, nach dem Auftritt noch zu ihm zu kommen, wenn es doch normal war, dass es mit der Crew spät wurde. Testarossa hatte mir den besten Anreiz ausgehändigt, aber ich wünschte mir fast, dass er es nicht getan hätte. Allerdings bevorzugte ich es, meine Freunde glauben zu lassen, dass ich sie wegen der Aussicht auf Sex versetzt hatte und nicht aus dem Grund, weil Gabbys Traumagent sie nur als optionalen Anhang in Betracht ziehen würde oder gar nicht.

Ich würde sie nicht zurücklassen.

Das würde ich nicht fertigbringen. Ich wüsste nicht einmal wie.

Sie war nicht nur die Schwester meiner ersten Liebe. Sie waren beide zu meiner Familie geworden. Wir hatten so viel zusammen durchgemacht.

sieben

Ich erinnerte mich daran, wo Jonathan wohnte, oben bei dem historischen Feigenbaum. Ich hatte keine Ahnung, wie viele Autos er besaß, aber der kleine Fiat in der Auffahrt sah nicht so aus, als wäre er sein Stil. Er sollte zehn Uhr abends wirklich keine Gäste haben, aber er stand auf der Terrasse, seine Arme über der Brust verschränkt, und sprach mit einer Blondine, die ein paar Jahre älter war als ich. Sie trug ein bedrucktes, knöchellanges Kleid und eine weite Jacke. Er sah, wie ich einbog, und winkte mir zu. Die Blondine redete einfach weiter. Ich wusste nicht genau, ob ich aussteigen oder mich verstecken sollte, bis sie verschwand.

Das war wirklich bescheuert. Ich hatte ein Recht hier zu sein. Ich sammelte meinen Kram zusammen und stieg aus dem Auto. Wie auf Befehl drehte sich die Frau um und lief die Terrassentreppe herunter, während sie noch etwas in ihr Handy eintippte. Als wir aneinander vorbeiliefen, sah sie mich kurz an, aber sie hob ihr Handy zur richtigen Zeit ans Ohr, um einer Begrüßung aus dem Weg gehen zu können.

»Das war merkwürdig«, sagte ich, als ich die Treppen hochstieg.

»Nicht wirklich«, erwiderte Jonathan. »Na ja, vielleicht sollte ich lieber sagen, dass es *noch* nicht komisch war.« Er trug einen Pulli und eine Jeans, aber keine alten, abgetragenen Sachen. Er trug Designer Kleidung, die mehr als neu aussahen und die saßen, wie sie es sollten. Was bedeutete, dass sie die Schönheit seines Körpers betonten, ohne auch nur einen Millimeter Haut zu zeigen.

Er beobachtete, wie hinter mir der Fiat aus der Einfahrt fuhr.

»Deine Assistentin?«, fragte ich.

»Eine von vielen.« Als der Fiat auf die Straße bog, betätigte er den Knopf auf seiner Kontrollbox, woraufhin sich das Tor schloss. Er lehnte sich gegen den Türpfosten. »Wie ist dein Auftritt gelaufen?«

»Fantastisch. Wir stehen kurz davor, einen sehr guten Agenten abzugreifen.« Ich fühlte mich plötzlich entblößt, wie ich hier auf der Terrasse stand und nur ein schulterfreies Kleid, das Knöpfe auf der Vorderseite hatte, und High-Heels trug.

»Oh, wirklich.« Er legte die kleine Box auf einen Tisch, der neben der Tür stand.

»Wirklich.«

Mein Kleid war mit einem Stoffgürtel ausgestattet, der durch kleine Schlaufen an meinem Kleid befestigt war. Er löste den Knoten und entfernte den Gürtel. »Kannst du das Teil aufknöpfen und mir den Rest erzählen?«

»Gibt es eine Art Aberglaube, nach dem es mir nicht erlaubt ist, dein Haus mit Kleidung am Körper zu betreten?«

»Ich bevorzuge es einfach, wenn du keine trägst. Und ich mag frische Luft. Komm schon, ich will mehr über deine Karriere hören.« Er wickelte den Gürtel um seine Hand, die muskulös und kantig war, mit vereinzelten Haaren, die unter dem Ärmel seines Pullis verschwanden.

Ich drückte den obersten Knopf durch das Loch. »Willst du, dass ich mich ausziehe oder dass ich dir von dem Agenten erzähle?«

»Ja zu beidem. Erzähl mir, wie es gelaufen ist.«

Ich öffnete den nächsten Knopf, indem ich diesen durch das Loch schob, und entblößte somit das Tal zwischen meinen Brüsten. »Ich habe die ganze Sache beinahe versaut. Ich war während des ersten Liedes mit den Gedanken nicht bei der Sache.«

»Meine Schuld?«

»Nein. Um ehrlich zu sein...« Ich wollte seine Schwestern und meinen Ex-Freund nicht erwähnen. Nicht, während ich bis zu meinem Bauchnabel entblößt war und er den Prozess der Knöpfe beobachtete. »Der Agent wollte heute Nacht noch weggehen und Dinge besprechen.« Ich öffnete den letzten Knopf und stand vor ihm.

»Du hättest gehen können.« Er trat von der Türschwelle auf mich zu und streckte seine Hand in die Richtung der Lücke zwischen dem Kleid aus. Als er meine Kehle umfing, hob ich mein Kinn. »Wir hatten keine konkreten Pläne.«

»Er will Gabby loswerden. Ich konnte es ihm ansehen. Ich bin noch nicht bereit, es ihr zu sagen, und wenn wir mit ihm ausgegangen wären, würde sie es jetzt wissen.«

Er ließ seine Hand meinen Körper nach unten gleiten und berührte dabei nur, was das Kleid offenbarte. »Denkst du, dass du sie vor diesem Schicksal bewahren kannst?« Er schob seine Hand in mein Höschen. Er stoppte, bevor er auf meine anwachsende Feuchtigkeit traf, aber die Elektrizität seiner Berührung unter meiner Kleidung ließ ein Keuchen meiner Kehle entweichen.

»Wahrscheinlich nicht für lange.« Ich ging einen Schritt auf ihn zu. Er streifte mir das Kleid vom Körper. Ich öffnete meinen BH und ließ ihn auf den Boden fallen.

Wieder einmal stand ich fast nackt vor ihm. Er wickelte meinen Gürtel von seiner Hand ab, warf ihn um meinen Hals und benutzte ihn dann, um mich gegen seinen Körper zu ziehen. Unsere Lippen und Zungen trafen sich. Er ließ von dem Gürtel ab, ließ ihn auf meinen Schultern liegen und bewegte seine Hände unter mein Höschen, wo sie auf meinem nackten Hintern zur Ruhe kamen. Er packte zu, drückte mich gegen seinen Körper und rieb mich an seiner Erektion. Ich schob meine Hände von unten in seinen Pulli, woraufhin er meine Handgelenke packte und hinter meinen Rücken brachte.

»Ich habe in sieben Minuten einen Anruf mit Seoul«, flüsterte er mir ins Ohr.

»Du könntest nicht einmal *dich selbst* in sieben Minuten kommen lassen.«

»Ist das eine Herausforderung?«

»Sag du es mir.«

Wir küssten uns erneut und er ließ von meinen Handgelenken ab, um meine Beine um seine Taille zu legen. Er presste mich gegen den Türrahmen, während wir unsere Hüften im Gleichklang rotierten.

»Eigentlich«, sagte er, »glaube ich, dass ich es nicht einmal schaffen würde, dich in sieben Minuten die Treppen raufzubekommen.«

»Verkauf dich nicht unter Wert.«

Er lächelte, sein Gesicht nah an meinem, wo ich jede Falte, jede Sommersprosse, jeden einzelnen Stachel seiner Bartstoppeln sehen konnte. Sein Duft hüllte mich ein. Ich wollte in ihn hineinfallen. Als ob er meine Gedanken lesen könnte, drückte er sich von dem Türpfosten ab und trug mich, während meine Beine noch immer um seine Taille lagen. Er schloss die Tür hinter uns und trug mich die Treppen nach oben, ohne einmal von meinen Lippen abzulassen. Ich vergrub meine Hände in seinen Haaren. Er stieß gegen einen Stuhl, dann das Treppengeländer. Schließlich fielen wir auf den weichen Baumwollteppich, der auf den Treppen lag, er über meinem fast nackten Körper, unsere Hände überall, während unsere Hüften in einer erregenden, von Stoff bedeckten Zusammenkunft aufeinanderstießen.

Sein Handy klingelte.

»Oh nein«, sagte ich.

»Es hätte keinen besseren Augenblick dafür geben können.«

»Geh nicht ran.«

Er wandte seinen Blick nicht von mir ab, während er lächelnd sein Handy aus der Hosentasche zog, als wüsste er genau, wie sehr er mich damit foltern würde und nichts anderes dabei fühlte als süße Genugtuung. Er ging an das Ding ran, genau hier auf den Treppen, nachdem er einen Finger auf seine Lippen gelegt hatte.

Er sagte etwas, von dem ich mir sicher war, dass ich es niemals wiederholen könnte, sein Koreanisch war einfach so schnell. Sein Gesicht schwebte so nah über meinem, dass ich seinen Atem schmecken konnte, während er eine Unterhaltung führte, der ich nicht folgen konnte. Die Kanten der Treppenstufen drückten sich in mein Kreuz und das Gewicht seiner Hüften gegen meine schmerzte, was Schocks der Begierde meine Wirbelsäule hinaufschießen ließ.

Er presste das Handy gegen seine Brust und entfernte sein Gewicht von mir. »Ich hänge in der Warteschleife. Geh nach oben.«

Wir rannten die Treppen hoch und in den Raum, in dem wir auch schon vor zwei Wochen gewesen waren, und lachten während des gesamten Weges wie Teenager. Er landete auf dem Bett auf mir, noch immer voll bekleidet gegen meine nackte Haut. Er küsste mich, während er sein Handy an seinem Ohr hielt, legte seine freie Hand auf meine Brust und stöhnte in meinen Mund, als ich meine Hände unter seinen Pulli schob.

»Hey, Tom«, sagte er ins Handy. Er legte einen Finger auf meine Lippen, rollte von mir runter und ließ mich ausgebreitet, wie einen Bärenfellvorleger, zurück.

»Ja«, sagte er, seine Augen auf mir. »Ich hab's gehört. Janice hat mir das vor einer halben Stunde erzählt.« Ich überlegte aufzustehen und mir ein Sandwich zu machen oder so. Ich schloss meine Beine. Wer wusste schon, wie lange das jetzt dauern würde? Ausgehend von seinem Tonfall klang es dringend, aber das konnte alles zwischen fünf Minuten und einer Stunde bedeuten. Falls ich gehen sollte, könnte ich meine Freunde noch für einen Drink treffen und die Sache mit Testarossa kaschieren, falls Gabby angetrunken genug war.

Jonathan legte eine Hand auf meine Schulter und drückte mich wieder nach unten. Er grinste und sprach weiterhin ins Handy. »Die sind doch wahnsinnig. Das Hilton in Seoul liegt zwei Meilen von uns entfernt. Falls die Nordkoreaner ein Ziel suchen würden, hätten sie bereits eins.« Er platzierte sein Knie zwischen meine Beine und drückte sie auseinander. Ich keuchte und er legte seinen Finger gegen meine Lippen. Auf der einen Seite war ich der Meinung, dass er unhöflich war, respektlos und es verdienen würde, wenn ich ihn jetzt hier stehenlassen würde, aber auf der anderen Seite fand ich die dritte Person im Raum erregend, denn ich fühlte mich trotz allem sicher.

Ich streckte meine Hand aus, um nach seinem Gürtel zu greifen, und er erlaubte es mir, seine Erektion über seiner Hose zu berühren, aber nicht mehr. »Ich werde nicht auf fünf Stockwerke verzichten«, sagte er. »Ich werde auf genau null Stockwerke verzichten . Dieser gesamte Pjöngjang Aufstand ist doch nur eine Verarsche. Tandy Burton vom Hilton hat ihnen Geld gegeben, um es mir schwer zu machen.« Er steckte das Handy zwischen sein Ohr und seine Schulter und benutzte beide Hände, um meine Beine zu spreizen, während er sie gleichzeitig am Knie einknickte. Er nickte, als Tom etwas sagte. Jonathan lag jetzt neben mir, schob seine Finger im Schritt unter mein Höschen und ließ sie der Länge nach durch meine Hitze gleiten. Ich biss mir auf die Lippe, damit mich der Mann in Korea nicht hören würde.

»Nein, mach das nicht.« Er streifte meine Klitoris mit seinem Daumen. »Du brauchst einen Beweis dafür und ich kann dir nicht helfen.« Ich keuchte. Ich stand bereits in Flammen, als ich diesen Raum betreten hatte, und seine Berührung war mit Elektrizität geladen, mit genug Druck auf meine Knospe, bevor er mit zwei Fingern in mich stieß. Ich war feucht und bereit, und nach den vergangenen zwei Wochen des Verlangens und dem Nachmittag, als ich meine Beine über der Stuhllehne hatte, stand ich bereits kurz davor zu kommen. Er würde mir meinen Orgasmus heute geben. Das musste er einfach. Wir hatten die ganze Nacht. Ausgenommen von Tom, der in meiner Planung wirklich ein Problem darstellen könnte.

»Was du tun musst«, sagte er, Augen auf mich gerichtet, mit seinen Fingern in mir, während sein Daumen unter dem Material über meine Klitoris rieb, Haut gegen feuchte Haut,

»ist, dass du dir ein Gremium von Koreanern einberufen musst. Einheimische. Lass sie Zahlen berechnen, Gewinnchancen und die Vorhersagen treffen. Schau dir an, mit was sie bei einer möglichen Attacke der Nordkoreaner ankommen.«

Sein Daumen umkreiste meine Klitoris. Ich wollte stöhnen, durfte aber nicht, weil ich mich sonst bemerkbar gemacht hätte. Ich spreizte meine Beine einfach weiter auseinander und hob meine Hüften seinen Fingern entgegen. Tom schwafelte. Es klang nach Fachchinesisch. Jonathan sagte während des Gesprächs mit Tom ständig, »Ja, ja«, aber er sah mir ins Gesicht und fingerte mich. Da sein Handy zwischen Ohr und Schulter steckte, griff er mit der anderen Hand nach einem Nippel und zwickte diesen abwesend, als würde er gerade mit einem Kuli auf seinem Schreibtisch spielen, allerdings war dieser »Kuli« mit meinem sexuellen Mittelpunkt verbunden.

Mein Rücken wölbte sich. Das Atmen fiel mir mit jedem Atemzug deutlich schwerer. Ich formte mit meinen Lippen die Worte: *Lass mich kommen.*

Er legte seinen Kopf auf die Seite, als würde er mich nicht verstehen.

Ich versuchte es erneut: *Lass mich bitte kommen.*

Er nahm seine Hand von meinem Nippel, legte sie hinter sein Ohr und formte seine Lippen dann zu einem: *Ich kann dich nicht hören.*

»Nein«, sagte er ins Telefon, »wir bezahlen sie. Tom, hör zu. Das Hotel ist keine Zielscheibe, okay? Seoul ist eine große Stadt. Alles stellt eine Zielscheibe dar.« Er rollte seine Augen, als wäre Tom nur ein nervtötender Angestellter, der uns gerade beim Fernsehen schauen auf dem Sofa stören würde. Oh, was für ein Scherzkeks.

Seine Finger glitten aus meinem Loch heraus, hoch zu meiner Klitoris und dann wieder runter. Einmal, dann ein zweites Mal. Ich bewegte meine Lippen zu einem tonlosen: *Bitte lass mich kommen bitte lass mich kommen...*

Er machte wieder das *Ich kann dich nicht hören*-Zeichen und ich erkannte das Spiel, aber ich war drauf und dran in seine Hand zu explodieren und das nur ein paar Stunden, nachdem ich ihm die Kontrolle über meine Orgasmen gegeben hatte. Ich konnte meine Schwäche doch nicht schon jetzt zeigen.

Ich rollte mich vom Bett, ließ seine Hand aus mir herausgleiten und rannte aus dem Zimmer.

Ich stand im Flur, Rücken gegen die Wand, und versuchte keine Geräusche zu machen, aber ich konnte nicht anders, ich fing an zu lachen. Ich war am Ende. Ich beugte mich nach vorne über, presste meine Hände, die zu Fäusten zusammengeballt waren, gegen meinen Mund und lachte einfach los.

Ich sah Jonathan im Türrahmen stehen, sein Handy am Ohr, seine Faust in der gleichen Position vor seinem Mund, als er versuchte, während eines Geschäftsanrufes nicht laut loszulachen.

»Okay.« Er räusperte sich. »Tom, ich muss los.« Das letzte Wort kam wie ein Quieken heraus. Allerdings wollte Tom einfach nicht die Fresse halten. »Das verstehe ich«, sagte Jonathan.

Ich beruhigte mich langsam, aber mir war klar, dass ich die Kontrolle wieder verlieren könnte. Ich ging zurück ins Schlafzimmer und hakte meine Hand in den Bund seiner Hose ein, bevor ich mich vor ihm hinkniete.

»Okay, klingt gut«, sagte er. »Lass es mich einfach wissen, sobald du etwas hörst.« Ich öffnete seinen Gürtel und holte seinen Schwanz aus der Hose. Er lehnte sich gegen die Wand. »Ja, und drücke dein Ohr gegen den Boden, bis du den Zug ankommen hörst in Bezug auf diese andere Sache.«

Ich verabreichte ihm einen Löffel von seiner eigenen Medizin, leckte mit der gesamten Fläche meiner Zunge über die gesamte Länge der Unterseite seines Schwanzes, von unten bis hin zur Spitze, dann deepthroatete ich ihn.

»Das ist nur eine Redensart, Tom. Es heißt einfach nur, dass du deine Augen und Ohren offen halten sollst.« Er vergrub seine Hand in meinen Haaren und drückte meinen Kopf gegen sich. »Ja, okay. Es ist wirklich spät hier. Gib mir morgen Bescheid.« Er legte auf und schmiss das Handy auf einen Stuhl. »Du«, sagte er, als er auf mich herunterblickte, »bist sehr ungezogen.«

Ich konnte nicht antworten. Ich hatte ja schließlich einen Schwanz in meinem Mund. Als ich mich zurückzog, den Schaft feucht mit Spucke zurückließ, beugte er sich nach vorne und packte mich unter den Armen. Ich lachte, als er mich aufs Bett schmiss und versuchte zu fliehen, bis er über mich krabbelte.

»Nein, das wirst du nicht.« Er griff nach meinen Armen. Wir lachten zusammen, als ich versuchte, mich aus seinem Griff zu befreien, aber er drehte mich plötzlich auf meinen Bauch und brachte meine Handgelenke hinter meinem Rücken zusammen.

»Du hättest mich kommen lassen sollen, als ich kurz davor stand«, sagte ich.

»Oh, du wirst kommen.« Er gab mir einen Klaps auf den Arsch und der stechende Schmerz ließ mich nach Luft schnappen.

»Du hast mich doch gerade nicht etwa…«, sagte ich, obwohl ich wusste, dass er es getan hatte und ich wollte, dass er es noch einmal tat.

Und das tat er. Eine Hand hielt meine Handgelenke hinter meinem Rücken an Ort und Stelle und die andere verabreichte mir einen Hieb nach dem anderen, als wäre ich ein freches, unartiges Mädchen. Ich machte eine Art von Geräusch, das wie ein gehauchter Schrei klang und sich vielleicht nach einem »Ja« angehört hatte.

Ich fühlte, wie er sich über mich beugte und flüsterte: »Hast du dich zuvor schon einmal beim Sex fesseln lassen, Monica?«

»Nein.«

»Warum nicht?«

»Kam nie zur Sprache.«

Ich wartete darauf, dass er mich fragte, auf eine formelle Bitte , damit ich ihm meine Zustimmung geben konnte, aber er lehnte sich einfach wieder zurück, während er weiterhin an meinen Handgelenken festhielt. Ich fühlte, wie er sein Gewicht auf dem Bett verlagerte und wusste, dass er mich nicht fragen würde.

Er ließ meine Handgelenke los, legte seinen Körper auf meinen und schob seine Unterarme unter mein Gesicht. Er hatte wieder den Gürtel von meinem Kleid in den Händen. Er war irgendwann auf den Boden gefallen und Jonathan stellte sicher, dass ich den Gürtel sah.

Er küsste mich in den Nacken und sagte dann: »Ich verstehe Wörter wie ›Nein‹ und ›Stopp‹. Ohne dass diese Worte deine Lippen verlassen, ist dein Körper mein Spielplatz.«

»Ja, Sir.«

»Ich sehe schon, du bist also ein Naturtalent.«

Bevor ich ihm antworten konnte, zog er mich zurück auf meine Knie. Ich spürte ihn hinter mir, noch immer bekleidet, während er mich, beginnend bei meinem Nacken bis hin zu meinem Schritt und wieder zurück, berührte. Er ließ seine Hände, von meiner Schulter aus, meine Arme heruntergleiten und platzierte meine Hände auf dem hölzernen Kopfende. Das Gitter und die Stange, die darüber verlief, fühlten sich rau an. Er wickelte den Gürtel um meine Handgelenke, band sie zusammen, bevor er den Gürtel durch das Gitter schob. Es war ein fester Knoten, straff und eng.

Ich hatte keine Angst. Nervös, ja, aber auf die bestmögliche Art und Weise nervös. Er stieg aus dem Bett und stellte sich einfach nur hin, um mich zu betrachten, während er noch immer seine Jeans und den Pulli trug. Ich, auf meinen Knien, meine Handgelenke ans Kopfende des Bettes gefesselt, Haare im Gesicht, Hintern ausgestreckt; er, mit seinen Armen über seiner Brust verschränkt, während er seine Arbeit bewunderte.

»Und?«, fragte ich.

Ein gefährliches Grinsen war in seinem Gesicht zu sehen. Ich spürte das Kribbeln von Feuchtigkeit, wie sie mein Bein heruntertropfte.

Er zog seinen Pulli aus, und als sein Gesicht bedeckt war, ich nur seinen Körper sah, wurde mein Körper von einem Schauer eingenommen. Sein fester Oberkörper, mit ein paar hellen Härchen an einigen Stellen, war ein Genuss für meine Augen, und als er den Pulli über seinem Kopf hatte, seine Haare mit dieser Aktion aus der Ordnung gebracht wurden,

Er kam, als hätte er den Absprung von einem Kliff vollzogen, mit einem langen Grunzen und einem noch länger anhaltenden Stöhnen. Er stieß von hinten in mich hinein, ohne dass es ihm möglich schien, mit dem Stöhnen aufzuhören. Nichts hatte mir jemals so viel Befriedigung gegeben, wie ihn so gewaltig kommen zu hören.

Er stoppte und fiel auf mich drauf, seine Brust gegen meinen Rücken, sein Schwanz, der sich aus mir zurückzog. Wir atmeten für eine Minute im Gleichklang, unsere Körper noch immer aufeinander abgestimmt.

»Bist du okay?«, fragte er, als er mir die Haare aus dem Gesicht streifte.

»Es ging mir noch nie besser.«

»Gib mir eine Minute, dann wird es dir noch besser gehen.«

Er küsste mich auf die Wange, dann zwischen meinen Schulterblättern, auf meine Pobacken, die schmerzten. Ich stöhnte und bog meinen Rücken durch.

»Halt still«, sagte er. Ich ließ mich fallen. »Ganz still.«

»Okay.«

Das Fleisch meines Geschlechts war wund und von seinen Fingern lädiert. Das Brennen, als er die Innenseite meiner Schenkel leckte, fühlte sich wundervoll an. Dann bewegte er sich zu meiner feuchten Fotze, die von dem schmerzlichen Verlangen, das ich ihm gegenüber verspürte, pulsierte. Seine Zunge glitt entlang meines Geschlechts, hoch und runter, landete auf meiner Klitoris, reizte die Knospe mit kleinen, kaum wahrnehmbaren Zungenschlägen. Dann umfing er sie mit seinen Lippen und küsste sie, was er mit einem kurzen Saugen beendete.

»Oh, Jonathan…«

»Beweg dich nicht.«

»Bitte lass mich kommen, wenn ich soweit bin. Lass mich bitte nicht mehr länger warten.«

»Nur wenn du still hältst. Beweg dich, und ich führ dich zu einem Kaffee aus.«

»Ok.«

Er spreizte mich auseinander, was wehtat, bis er seine Zunge in mich hineingleiten ließ, dann wieder heraus, über die gesamte Länge meines Geschlechts leckte, das wund war, und schließlich langsam über meine Klitoris. Wieder fand er seinen Weg zu meiner Höhle und ein letztes Mal zurück zu meiner Klitoris. Mein gesamter Körper spannte sich an, dann schrie ich mit allem, was ich hatte. Mein Rücken wollte sich durchbiegen, aber das konnte ich nicht zulassen. Meine Hüften wollten seinen Bewegungen entgegentreten, aber mein Kopf war mächtiger als dieser Trieb. Ich wurde zu einem Behältnis für meine Fotze, meinen zuckenden Hintern sowie dem Druck auf meinen Handgelenken. Die Unbeweglichkeit meines Körpers zog meinen Orgasmus in die Länge, denn ich konnte mich diesem nicht hingeben, bis zum letzten Moment hin, als ich jeglichen Sinn für seine Berührungen und seine Zunge verlor, und aus voller Kehle seinen Namen schrie. Er saugte sanft an meiner Klitoris, bis ich nur noch ein Häufchen Elend darstellte, über den Punkt von quälendem Leid weit hinaus.

acht

Kevin war der Fick meines Lebens gewesen. Das bedeutete zu dem Zeitpunkt nicht viel, da er lediglich einer von zweien gewesen war. Darren hatte an sich abgeliefert, aber wir waren jung und unerfahren gewesen. Und verliebt; deswegen hatten wir auch keine Ahnung gehabt, wie langweilig es eigentlich war.

Kevin hatte wie ein heißer Ball aus Feuer gewirkt. Er wusste, wie er seine Hände und Lippen einsetzen musste. Er hatte vor mir masturbiert und ich war dann immer damit beschäftigt gewesen, nicht zu kichern, denn ich dachte, dass heiße Leute sehr ernsthaft an dieses Thema rangehen würden. Er hatte mir immer gesagt, dass ich meine Gefühle aufstauen lasse und vieles in meinem Leben verdränge, auf eine Art und Weise, die in mir den Wunsch auslöste, alles rauszulassen, aber ich wusste nicht, wie ich das hätte anstellen sollen. Ich hatte versucht, aus mir herauszukommen, angefangen Reizwäsche zu tragen und laut zu stöhnen. Ich hatte öfter an seinem Schwanz gelutscht. Für ihn getanzt. All das hatte sich zu dieser Zeit wundervoll angefühlt, als wäre ich eine Erwachsene und sexuell. Aber er hatte nicht gewusst, wie er meine Hemmungen loskriegen, herauspressen und aus dem Fenster werfen sollte. Er hatte nicht gewusst, wie er es aus mir rausficken könnte oder wie man mir leise sagen musste, dass ich mich in der Nachtluft ausziehen sollte, während er zuschaute und das auf eine Weise, die mich nicht zum Lachen bringen würde. Ich hätte Kevin nicht meine Orgasmen geben können, denn er hatte sie nicht gewollt. Ich hätte ihn niemals fragen können, ob er mir wehtun würde, denn dann hätte er das auch gemacht.

Ich beobachtete durch Jonathans Fenster, wie die Sonne aufging, fühlte seinen Atem in meinem Nacken und konnte nur an eins denken: *Verliebe dich nicht verliebe dich nicht verliebe dich nicht.* Ich sah ihn nicht an, während er schlief. Ich streichelte auch nicht seine Hand, die auf meinem Bauch ruhte. Ich dachte nicht an ihn. An nichts. Nicht an seinen Geruch oder den Klang seiner Stimme. Nicht an seinen scharfen Verstand oder sein einnehmendes Lächeln. Mein Job bestand darin, ihn zu genießen und besser früher als später zu realisieren, wann es Zeit für mich wäre, nach vorne zu schauen. Das wäre der einzige Weg, um aus dieser Sache hier heil herauszukommen.

Ich hörte Schritte im Flur und einige zusammenhangslose Worte, nicht in Englisch, zwischen einer Frau und einem Mann, was mich beunruhigte. Aber dann hörte ich einen Besen auf dem Hartholzfußboden. Die Angestellten. Sie lebten wahrscheinlich mit in dem Haus, im hinteren Teil des Anwesens, und waren wie Möbelstücke für ihn

Meine Tasche lag auf dem Boden. Das zweite und letzte Mal, nachdem wir gefickt hatten, war ich nach unten gegangen, um sie zu holen, weil uns die Kondome ausgegangen waren. Ich schaute nach und fand einen kleinen Latexsack, der einen Monat vor seinem Verfallsdatum stand.

Ich müsste mir also die Tasche schnappen, zuzüglich meiner Klamotten, die wahrscheinlich noch auf der Terrasse lagen. Das könnte sich als kifflig herausstellen. Es war helllichter Tag und ich konnte den Raum ja wohl schlecht nackt verlassen, wenn die Truppe zum Saubermachen herumschwirrte. Oder vielleicht doch. Wer wusste schon, wie Menschen mit Geld lebten?

Ich schloss meine Augen und versuchte wieder einzuschlafen, aber Jonathans Handy meldete sich. Als ich ihn ansah, waren seine Augen geöffnet.

»Willst du nicht drangehen?«

»Nein.«

»Deine Saubermachcrew ist bereits voll dabei.«

Das Handy hörte auf zu brummen. Jonathan streckte sich, als hätten ihn die zwei Stunden Schlaf erfrischt. »Ich muss dir deine Kleidung holen. Du willst ja sicher nicht nackt vor Maria treten, sonst fängt sie noch an, das ganze Haus mit Weihwasser zu berieseln. Würde ein Chaos hinterlassen.«

Er küsste mich und schwang seine Beine aus dem Bett. Ich setzte mich auf, alles tat mir weh. Ich war so wund, dass ich kaum aufrecht sitzen konnte. Jonathan sah auf etwas herab und bewegte sich nicht.

»Was ist los?«, fragte ich.

»Ich will nicht, dass du denkst, ich würde schnüffeln oder dass ich danach gesucht hätte.«

»Okay, das werde ich nicht denken.«

Er hob meine Tasche vom Boden hoch. Sie war offen und Kevins Flyer für die Sonnenfinsternis Show lugte heraus. Ich zeigte ihm die Namensliste. Ich wusste allerdings, dass er nur den Namen Jessica sehen würde, also tippte ich auf Kevins.

»Kevin Wainwright«, sagte er. »Der Typ mit der Blowjob Geschichte.«

»Er ist letzte Nacht im *Frontage* aufgetaucht.«

»Und hat dich zu einer Veranstaltung eingeladen, die heute stattfindet? Ganz schön spät, meinst nicht?«

Ich zuckte mit den Achseln. »Es ist Kevin. Er denkt, dass Höflichkeiten nur etwas für nicht-kreative Menschen sind.«

»Wie mich.«

»Du bist wahnsinnig kreativ.« Ich schlug ihn mit der Broschüre gegen seinen Oberarm. »Mit dem Körper – «

»Gehst du hin?«, fragte er.

»Ich weiß es nicht. Du?«

Er seufzte und strich sich mit der Hand durch seine Haare. »Ich muss. Es wäre unziemlich, wenn ich nicht gehen würde.

Die Scheidung hat alles andere als einvernehmlich ausgesehen und die Leute beobachten uns.«

»Was denn für Leute?«

»Sie hat für den Großteil unserer Freunde das Sorgerecht bekommen. Mit einigen von denen habe ich eine geschäftliche Beziehung. Andere bewegen sich einfach nur schon seit Ewigkeiten im gleichen Kreis wie wir.«

»Welche Schwester wirst du mitnehmen?«

»Wahrscheinlich Deirdre. Wirst du so tun, als würdest du mich nicht kennen?« Sein Handy meldete sich erneut.

Ich schlüpfte aus dem Bett. »Wir müssen erst noch sehen, ob ich überhaupt gehe.«

Ich ging ins Badezimmer, ein riesiger, weißer Raum, der eine Badewanne und separat dazu auch eine Dusche besaß. Jede auch noch so kleinste Ecke war sauber, als würden kleine Gremlins unter dem Waschbecken leben und alles schrubben, während er Frauen in seinem Bett flachlegte.

Ich hatte keine Ahnung, ob ich zu L.A. Mod gehen würde. Es war eine Veranstaltung, bei der Abendgarderobe vorausgesetzt wurde und ich hatte nichts zum Anziehen. Und dann war da noch das Kevin-Problem. Jonathan würde dort mit Deirdre auftauchen, die letzte Nacht mit ihren Augen Dolche in meine Richtung hatte fliegen lassen. Wenn ich ehrlich war, würde ich zugeben, dass ich lediglich Ausreden vorschob. Ich wollte einfach nicht in einem Raum mit Kevin *und* Jonathan sein. Ich konnte einfach kein Drama gebrauchen, das ich nicht in der Lage wäre zu kontrollieren, vor allem jetzt nicht, als sich meine Karriere aus dem Staub zu erheben begann.

Ich hörte Jonathan durch die Tür hindurch murmeln. Demnach kein geschäftlicher Anruf. Dann wurde es ruhig. Ich spähte ins Schlafzimmer. Er war verschwunden, aber mein Kleid lag über dem Stuhl ausgebreitet. Ich zog es an und fischte meine Unterwäsche und meine Schuhe unter dem Bett hervor.

Dann ging ich die Treppen nach unten. Auch wenn ich schon einmal bei Jonathan gewesen war, hatte ich damals nicht darauf geachtet, was an den Wänden hing.

Man konnte nicht eine Musikschule besuchen, ohne in jegliche Arten der Kunst einzutauchen, und Kevin hatte dieses Wissen später durch seine Leidenschaft für visuelle Dinge noch vertieft. Da ich also jetzt vollständig bekleidet war und meine Aufmerksamkeit darauf richten konnte, erkannte ich einen Kandinsky in Jonathans Wohnzimmer. Ich sah einen Holbein über dem Kamin und die Mondrian Studien in Geometrie in der Ecke. Ich verweilte allerdings nicht lange, da ich ihn in der Küche hörte. Ich wollte nicht, dass er dachte, ich würde umherschnüffeln.

Ich folgte dem Klang seiner Stimme in die Küche und bemerkte dann, dass er nicht Englisch, Spanisch oder Koreanisch sprach. Eine Frau im mittleren Alter, die einen Arbeitskittel trug, eine dunkle Hautfarbe und asiatische Gesichtszüge besaß, lächelte mich an.

»Trinkst du Kaffee?«, fragte Jonathan, als ich ins Zimmer lief.

»Nicht wirklich.« Ich lehnte mich gegen die Arbeitsfläche. »Ich mag ihn mit Milch, aber Milchprodukte sind nicht gut für meine Stimme. Also, lass mich raten. Die Dame, mit der du dich unterhältst, ist Philippinerin?«

»Gut geraten.«

»Ich lebe in Los Angeles.« Ich grinste blöd. »Du sprichst also,...wie nennt man die Sprache?«

»Es wird Tagalog genannt und ja – «

»Du lebst in Los Angeles.«

Er lächelte. »Ally Mira hat dein Kleid gewaschen.«

»Das war wirklich lieb von ihr.«

»Das ist sie. Aber ernsthaft, gehst du heute Abend zu dieser Veranstaltung?«

»Kevin hat mich zu Tausenden von diesen Kunstveranstaltungen geschleppt, als wir zusammen waren und mir gefällt der Gedanke daran nicht, zu einer weiteren zu gehen.«

»Das war gerade Theresa am Telefon«, sagte er. »Sie hat mir erzählt, dass du Deirdre gestern Abend kennengelernt hast?«

»Kurz. Sehr groß. Lockige, rote Haare und viele davon.«

»Sie hat eine Alkoholvergiftung.«

»Das ist ja furchtbar.«

»Typisch Deirdre. Theresa sollte sich um sie kümmern, wusste aber nicht, dass sie einen Flachmann dabei hatte. Also hat Theresa Getränke gezählt, während Deirdre zwölf Mal auf die Toilette gerannt ist. Rechne es dir aus.« Er kam auf mich zu. »Sie haben sie an einem B-Vitamin-Tropf hängen und sie verflucht bereits die Krankenschwestern.« Er legte seinen Daumen auf meine Wange und hob mein Gesicht seinem entgegen, um mich zu küssen. »Bist du sicher, dass du nicht hingehen wirst?«, fragte er. »Ich könnte dich im Auto mitnehmen.«

»Das wäre ja, als würden wir zusammen gehen.«

»Wäre dir das unangenehm?«

»Nein.« Ich legte meine Hände auf seine Brust und streichelte ihn durch sein T-Shirt hindurch. »Ich denke aber, dass es *dir* unangenehm wäre.«

Er schlang seine Arme um meine Taille. »Erzähl mir mehr über mich.«

»Du gehst mit deinen Schwestern aus und du triffst deine Frauen im Privaten. Du hast gesagt, dass du und deine Frau, sorry, Ex-Frau, euch noch immer im gleichen Kreis von Leuten bewegt. Du willst nicht, dass sie dich mit einer Frau sieht. Und mach keinen Witz darüber, dass deine Schwestern sehr wohl als Frauen anzusehen sind.«

Er sah kurz an die Decke, was dazu führte, dass ich einen Blick auf seine Muskeln und Venen in seinem Hals bekam. Ich hatte recht, jedenfalls lag ich nah dran.

»Ich kann allein gehen«, sagte er, als er mich wieder ansah. »Ich bin ein großer Junge. Aber ich will nicht. Also wenn du gehst, will dieser nicht-kreative Typ mit dir dorthin gehen, scheiß auf die Höflichkeiten.«

Das Angebot war reizvoll. Ich hatte nicht geplant zu gehen, weil ich nicht aus einer Ecke heraus beobachten wollte, wie Kevin den Raum für sich einnahm. Ich wollte keinen

Smalltalk mit seinen Freunden halten und auch wollte ich nicht einen Blick von einem seiner derzeitigen Hipster-Groupies zu geworfen bekommen, der töten könnte. Jonathan wäre ein netter Puffer.

»Na gut«, sagte ich. »Ich erlaube deinem knackigen Arsch, mich zu dieser Abendveranstaltungssache im L.A. Mod zu schleppen. Aber dann schuldest du mir was.«

»Was genau würde ich dir denn schulden?«

»Kannst dir aussuchen.« Ich trat von ihm ab. Den Anruf, den Gabby und ich heute noch machen mussten, beunruhigte mich schon zu lange. »Was auch immer dir die Sache wert ist. Wenn es dazu führt, dass ich schreie und deinen Namen rufe, umso besser.« Ich drückte ihm einen kleinen Kuss auf. »Ich muss los.«

Ich lief zur Tür, aber ich kam nicht sehr weit, bevor ich ihn sagen hörte: »Was wirst du anziehen?«

Ich stoppte und drehte mich zu ihm um. »Warum?«

»Weil du eine wunderschöne Frau bist und es wichtig ist, was du trägst.«

»Falls du denkst, dass ich dich blamieren könnte, dann sollte ich wohl besser zu Hause bleiben.«

Er machte einen Schritt auf mich zu und packte mich an der Hüfte. »Jessica beschäftigt sich mit Kunst, weil sie so viel Geld hat, dass sie sich langweilt und weil sie Augen wie ein Adler hat. Wenn sie mich dort mit dir sieht, wird sie dich nicht in einem Kleid von *Target* sehen.«

Ich sah ihm direkt in die Augen. »Ehrlich jetzt, Jonathan? Ich dachte nicht, dass du der gehässige Typ bist.«

»Auch will ich dich in etwas Hochwertigem sehen. Es tut mir leid, ich habe es nicht böse gemeint. Aber komm schon. Geh zu *Barney's* und rede mit Lorraine. Sie wird dir helfen und mir die Rechnung zukommen lassen.«

»Jetzt bin ich diejenige, der dieser Moment unangenehm ist.«

»Bitte? Geh einfach mal hin. Und wenn du weniger als dreitausend Dollar ausgibst, wirst du ein Spanking über dich

ergehen lassen müssen und danach schicke ich dich wieder
zurück auf den Wilshire Boulevard.«

»Was bedeutet, dass ich minimal unter dieser Grenze
bleiben werde. Und nicht weil ich die Absicht habe wieder auf
diese Seite in Wilshire zurückzukehren.«

neun

Ich stand mit den Händen an der Wand unter dem Duschkopf und ließ das Wasser meinen Rücken verbrühen. Mein Kopf fiel auf meine Brust und meine Haare bildeten einen Schleier um mein Gesicht. Ich konnte mich nicht bewegen, ohne dass irgendetwas wehtat, und als ich meine Augen öffnete, sah ich durch den Dampf hindurch die Innenseite meiner Schenkel.

Zuerst dachte ich, dass sie dreckig wären. Als ich die Stellen jedoch berührte, verspürte ich einen stechenden Schmerz, da wurde mir klar, dass es kein Dreck sein konnte. Es waren blaue Flecken.

Ich verließ die Duschkabine und schaute in den Spiegel. Mein Hintern, der Bereich darunter, und zwischen meinen Beinen waren grün und blau. Jede Bewegung schmerzte. Meine Vagina war wund, es hatte wehgetan, mich zu waschen. Ich hörte ein sanftes Klopfen an der Tür, dann fragte Gabby: »Mon? Bist du das?«

»Yeah. Musst du aufs Klo?«

»Yeah.« Sie war gerade dabei, die Tür zu öffnen. Gabby und ich sahen uns ständig nackt. Wir waren auch oft im gleichen Raum, wenn wir pinkeln mussten, aber ich konnte nicht zulassen, dass sie mich heute zu sehen bekam. Ich sah aus, als hätte ein Hai versucht, mich in der Mitte durchzubeißen. Ich griff nach der Türklinke und drückte die Tür wieder zu. »Ist alles in Ordnung?«

»Es geht mir gut, ich muss einfach...« Ich hatte keine Entschuldigung parat. »Gib mir eine Sekunde.«

Ich schlüpfte in ein T-Shirt und eine Jeans, die ich aus dem Wäschekorb gezogen hatte und zuckte zusammen, als sich die wunden Muskeln und geplatzten Blutgefäße meldeten. Ich riss die Tür auf. Wenn ich mir ihre sauberen Klamotten und die gekämmten Haare ansah, konnte ich davon ausgehen, dass sie bereits eine Weile wach war.

»Wohin bist du denn letzte Nacht gegangen?«, fragte sie.

»Zu Jonathan.« Ich kämmte meine nassen Haare, während sie pinkelte.

»Oh, ehrlich. Und? Wie war es?«

»Er weiß, wie man fickt, das ist mal sicher.«

»Besser als Kevin?«

»Ein Unterschied besteht darin, dass der eine ein Mann ist und der andere ein Junge.« Ich nahm meine Zahnbürste aus dem Becher und kam zur Sache. »Ich habe mir überlegt, dass wir WDE halb elf anrufen sollten. Diese Leute kommen nicht vor zehn ins Büro und ich will ihm die Chance geben, seine Jacke auszuziehen und die Sekretärin zu bumsen, aber ich will WDE vor einem Meeting ans Telefon bekommen.«

»Ich bin nervös. Bist du nervös?«

»Yeah. Das bin ich tatsächlich.« Ich machte Zahncreme auf die Zahnbürste und Gabby lehnte sich in die Richtung des Spiegels und popelte an irgendetwas Nicht-Existierendem in der Ecke ihres Auges rum. »Aber du weißt ja, wie es ist«, fuhr ich fort. »Du machst dich wegen eines Anrufs völlig verrückt, dann rufst du an und die Leute sind gerade nicht zu erreichen. Dann rufen sie dich zurück, wenn du auf dem Highway 101 gerade achtzig drauf hast.«

»Seit wann kannst du auf der 101 denn achtzig fahren? Nun mach aber mal halblang.« Sie hielt eine Tube mit Feuchtigkeitscreme in der Hand, die ich bei einem Besuch auf dem Bauernmarkt gekauft hatte. »Kann ich die testen?«

»Mach ruhig«, sagte ich mit vollem Mund, als ich versuchte, meine Zähne zu putzen. Nachdem ich ausgespuckt hatte, sagte ich: »Ich möchte sichergehen, dass wir beide für die Typen als ein Set gelten. Du und ich. Okay?«

»Warum?« Sie schien über meinen Vorschlag unbeeindruckt.

»Was wäre, wenn er einen Keyboarder für eine Band bräuchte, dann gehst du auf Tour und was soll ich dann machen?« Ich teilte meine Haare in mehrere Partien, damit ich sie flechten konnte.

»Wir sollten uns einen Namen geben.« Gabby drückte mich auf die Toilette. Ich zuckte zusammen, aber sie sah mich gerade nicht an. Gott, das Sitzen wird heute zu einer Foltermethode und morgen wahrscheinlich auch noch.

Gabby hatte eine Begabung für Flechtfrisuren. In unserem ersten Jahr in Colburn lernten wir neunzig Prozent der Leute näher kennen, weil sie wie ein Magier flechten konnte. Sie nahm die Strähnen in die Hand, mit denen ich begonnen hatte. Ich drehte meinen Kopf, damit sie nicht meine Grimasse sehen konnte, die ich nur wegen dieses Schmerzes an meinem Hintern aufgesetzt hatte.

»Ich mochte den Namen *Spoken Not Stirred* echt gern«, sagte ich. »Aber Vinny besitzt die Rechte.«

»Das war doch mit Sicherheit nicht der letzte coole Name, den wir in uns haben«, sagte Gabby.

»Es kommt wohl darauf an, was er mit uns vorhat. Nehme ich meine eigenen Sachen auf? Aber wieso sollte er das riskieren? Er weiß ja nicht einmal, ob ich überhaupt die Fähigkeit habe, so ein verdammtes Lied zu schreiben.« Ich gestikulierte mit meinen Händen rum, bis mir die blauen Flecken an den Handgelenken ins Auge fielen. Scheiße. Ich steckte sie zwischen meine Beine und wünschte mir, dass ich ein langärmliges Shirt getragen hätte.

»Natürlich kannst du, Mon. Deine Lieder sind super.«

Ihre Behandlung reizte meine Kopfhaut ein wenig. »Was ich sagen wollte, wenn es mein Material ist, dann könnte das einen Namen zur Folge haben, aber wir würden dann eine komplette Band brauchen. Wenn es sich nur um dich und mich drehen würde, dann wäre es ja ein vollkommen anderer Sound. Was total in Ordnung ist, aber selbst dann, würden wir unsere eigenen Texte schreiben? Oder einen auf Irving Berlin machen?«

»Vielleicht weiß er gar nicht, was er möchte.« Sie konzentrierte sich auf die Strähnen, flocht eine über die andere, zog und zerrte, begradigte und teilte meine Haare mit einem schwarzen Kamm.

»Er weiß es«, sagte ich. »Diese Art von Haien fängt nicht an zu schwimmen, bevor sie nicht Blut gerochen hat. Irgendein Label wird gerade nach etwas Bestimmten auf der Suche sein, von dem er denkt, dass wir es vielleicht umsetzen könnten. Sonst wäre er nicht zu uns gekommen. Vertrau mir.«

Sie schob meine Haare aus meinem Nacken. »Wow, Monica.«

»Was?«

»Hier hinten hat sich eine Stadt aus Knutschflecken angesiedelt.«

Ich stand auf und sah in den Spiegel. Gabby hielt einen Handspiegel nach oben, damit ich die blauen Flecken entlang meines Nackens sehen konnte.

»Scheiße«, sagte ich. »Kannst du es so flechten, damit man das nicht mehr sieht?« Ich setzte mich wieder auf den Toilettendeckel und Gabby machte ihre bisherige Arbeit rückgängig. Mein Hintern, meine Handgelenke und jetzt auch noch mein Rücken. Wenn es sich nicht so gut angefühlt hätte, könnte man es als Körperverletzung einordnen.

»Sicher, aber was ist das Problem?«, fragte Gabby. »Es ist doch nur ein Anruf.«

»Ich gehe heute Abend zu der Sonnenfinsternis Veranstaltung im L.A. Mod.«

»Schick. Hat dich Jonathan eingeladen?« Gabby schob meine Haare auf eine Art und Weise umher, die mich entspannte, und ich hatte das Bedürfnis, wie ein Kätzchen zu schnurren.

»Nein, Kevin hat mich eingeladen. Aber ich gehe mit Jonathan hin.«

»Kevin?«

»Das ist eine wirklich lange Geschichte.«

»Wirst du dein kleines Schwarzes mit der Schleife an der Schulter tragen?«

Gott, nein. Sogar in meiner Erinnerung sah dieses Teil billig und getragen aus. Jonathan hatte recht gehabt, obwohl er es geschafft hatte, meine Gefühle zu verletzen. Ich hatte einen Schrank angefüllt mit schwarzen Klamotten und da war nichts Geschmackvolles dabei, was ich bei einer derartigen Abendveranstaltung tragen könnte.

»Ich hätte einen Plan? Es ist ja schon fast neun Uhr. Du nimmst jetzt deine Medikamente. Kommst wieder zurück und vervollständigst dein Flechtwerk, während ich dir alles über letzte Nacht, ausschließlich der dreckigen Einzelheiten, erzähle. Dann, halb elf, tätigen wir diesen Anruf in der Küche, während der Lautsprecher an ist.«

»Abgemacht.«

zehn

Der Barney's in Los Angeles lag im besten Teil von Wilshire, nah am Rodeo Drive und den ganzen großen Agenturen. WDE befand sich nur einen halben Block von hier entfernt, in einem eigenen modernen und phallusförmigen Gebäude.

Anscheinend hatte Jonathan, meinen Namen einer schwierig zu bekommenden, persönlichen Einkäuferin gegeben. Sie hatte mich angerufen und einen Termin mit mir ausgemacht.

Der Parkservice fuhr meinen kleinen Honda in die Parklücke hinter einem Bugatti und einem Jaguar und behandelte mich wie eine Prinzessin, als ich, wie von Lorraine unterwiesen, nach dem Fahrstuhl fragte, der in die fünfte Etage fuhr. Ich wurde einem Typ in einem burgunderroten Jackett übergeben, der mich den Gang runterführte, dann nach rechts, und einen Knopf für mich drückte, als wäre ich zu gut, um meinen Arm zu heben.

Die Fahrstuhltüren öffneten sich und gaben einen Raum preis, der von Wildblumen und Wandteppichen eingenommen wurde. Die weißen Ledersofas waren leer, aber der antike Schreibtisch wurde von einer Frau in meinem Alter belagert, die makellose Haut und ein Lächeln auf ihren Lippen hatte.

»Guten Tag, Miss Faulkner«, sagte sie.

»Einfach Monica.«

»Mein Name ist Shonda. Lorraine wird sich gleich um Sie kümmern. Hätten Sie gerne einen Kaffee? Wir haben auch Kräutertee.«

»Falls Sie grünen oder weißen Tee haben sollten, heiß und ohne viel Schnickschnack? Das würde mir gefallen.«

»Großartig.« Shonda schien wirklich sehr zufrieden damit zu sein, mir Tee holen zu können. Sie hatte nicht den Ausdruck im Gesicht, den ich immer hatte, sobald ich jemandem Getränke bringen musste, dazu aber eigentlich keinen Bock hatte. Oder vielleicht sah ich ja auch genauso aus.

Ich setzte mich nicht hin, stattdessen stand ich am Fenster und starrte auf das WDE Gebäude. Unser Telefonat mit Eugene Testarossa war so schnell zu Ende gewesen wie ein Quickie. Unser Meeting würde in zwei Tagen, 12:30 Uhr, stattfinden. Mittagszeit. Ort: Wird noch bekannt gegeben. Das bedeutete, dass wir ihm wichtig waren. Er wollte mit uns gesehen werden. Irgendwann würde ich von den Parkplätzen aus in dieses riesige, schwarze Gebäude treten und den Aufzug nach oben nehmen, als gehörte ich dort hin. Ich wäre dann ein Verkaufsschlager, ein Goldenes Ticket, deren Kanarienvogel.

»Ms. Faulkner?«

Ich drehte mich um und fand Lorraine mit meinen Augen, eine 1,70 m große Frau, ein paar Zentimeter kleiner als ich, mit einem Kurzhaarschnitt und mit gerade genug Make-up, damit es nicht als unangebracht rüberkam.

»Hi«, sagte ich.

»Ich freue mich, dich kennenzulernen.« Sie hielt ihre Hand in meine Richtung und ich ergriff sie.

»Es tut mir leid«, sagte ich, »Ich will ehrlich sein. Ich weiß nicht genau, was von mir erwartet wird. Normalerweise gehe ich einfach allein shoppen. Also, wenn du mich anleiten könntest, wäre das super.«

»Natürlich«, sagte sie, als sie ihre Hände vor ihrem Körper zusammenbrachte. »Du suchst nach etwas Passendem für die Finsternis-Show?«

»Ja.«

»Folge mir.« Sie lächelte schüchtern und zwinkerte mir zu. »Das wird ein Spaß. Versprochen.«

Wir gingen in einen Raum mit Spiegeln und einem weißen Teppich. Mein Tee wartete auf einem kleinen Marmortisch auf mich. Lorraine schloss hinter uns die Tür.

»Ich habe bereits ein paar Möglichkeiten für dich rauslegen lassen«, sagte Lorraine, als sie auf einen Ständer zeigte, der angefüllt mit Kleidern war. Vier Ankleidepuppen trugen weitere Kleider. Es handelte sich bei allen um schwarze Abendgarderobe. »Du wirst wahrscheinlich keine Änderungen benötigen. Mr. Drazen hat mir auf seine Weise mitgeteilt, dass du eine Größe 36 bist.«

»Er wusste meine Größe?«

»Er hat gesagt, dass du perfekt wärst. Ausgehend davon habe ich meine Schlüsse gezogen.«

Ich wollte nicht wissen, wie viele Frauen er bereits zu Lorraine geschickt hatte. Es wäre kein produktiver Gedanke und ich hatte schließlich einen ganzen Haufen von Klamotten, den ich mir ansehen musste. Eigentlich mochte ich es, shoppen zu gehen, aber das hier war nervenaufreibend. Ich fühlte mich wie ein Dodgers Fan im Wrigley Field.

»Wenn du dich hinsetzt«, sagte Lorraine, während sie auf einen Stuhl verwies, »dann zeige ich dir, was ich habe.«

Ich setzte mich langsam hin, als ihr Rücken zu mir gedreht war. Ich wollte nicht, dass sie mein schmerzverzerrtes Gesicht zu sehen bekam. Sie zog einige Sachen vom Ständer, ein Kleid nach dem anderen, und breitete sie vor mir aus. Ich lehnte die meisten ab, weil sie entweder hässlich oder zu nuttig aussahen, was sie zum Lachen brachte. Ich wusste nicht genau, was ich eigentlich wollte, was natürlich nicht half. Als sie zu dem letzten Abendkleid auf dem Ständer kam, und ich schon an der Länge erkennen konnte, dass es nicht funktionieren würde, stellte ich mir vor, wie ich ins L.A. Mod laufen würde. Auf wen würde ich dort treffen? Wie wollte ich mich darstellen? Ich würde dort mit Jonathan auftauchen, aber wer würde mich noch ansehen?

Sie schien überhaupt nicht ungeduldig oder genervt, als ich auch das letzte Ding ablehnte und sagte: »Ich glaube, ich weiß, wie ich rüberkommen möchte.«

»Oh, gut.«

»Ich möchte wie eine Künstlerin aussehen.«

Sie sah mich für eine Sekunde an, mit ihren Händen erneut vor ihrem Körper gefaltet und zwinkerte mir zu, als sie sagte: »Da wüsste ich genau das Richtige.«

Sie verschwand kurz und kam eine Sekunde später schon wieder. Das Kleid war natürlich schwarz und fühlte sich seidenweich an, aber es war so verarbeitet worden, dass es trotzdem die Figur auf die perfekte Weise betonen würde. Der Rock fiel bis zum Knie, mit einem rauen Kleidersaum und Materialfetzen, die aus dem Kleid zu fallen schienen, was wie eine Neuinterpretation eines Ponys aussah. Der obere Teil war schlicht gehalten, aber die Schulterpartie bestand aus Trägern, die sich wie ein Flechtwerk über Rücken und Dekolleté ausweiteten und damit ein asymmetrisches Netz über die Schultern spannte.

»Es ist atemberaubend.«

»Probier es an.«

Ich ging in die Umkleidekabine. Das Kleid fühlte sich wie Magie auf meiner Haut an. Der Unterschied zwischen einem Kleid von Target und einem Designerkleid, angeboten von einer persönlichen Einkäuferin, war nicht, wie es mich aussehen ließ, auch wenn ich gerade wie die beste Version meiner selbst wirkte. Es war die Art und Weise, wie ich mich darin fühlte. Ich fühlte mich wie eine Königin.

Jedenfalls, bis ich aus der Kabine trat, mich umdrehte und die blauen Flecken auf meinem Nacken sah.

»Mist.« Mein Gesicht färbte sich feuerrot.

Lorraine wischte die Bedenken mit einer Handbewegung zur Seite. »Dafür haben wir etwas, unten im Make-up-Department. Ich werde es für dich holen. Mach dir keine Sorgen. Und ich habe schon reiche Bälger hier gehabt, die diese Art von Markierungen noch deutlicher zum Vorschein bringen wollten.« Sie schüttelte ihren Kopf. Ich lächelte sie an. Ich fühlte mich bei ihr wohl, was wahrscheinlich ihr Job war, aber es war eine Gabe. Wenn sie nicht hier gewesen wäre, hätte ich mich wirklich sehr geschämt.

»Ich liebe dieses Kleid«, sagte ich.

»Du siehst bezaubernd aus«, sagte sie. »Hast du Schuhe, die dazu passen würden?«

Daran hatte ich bisher noch nicht einmal gedacht. »Ich denke nicht.«

»Und vielleicht etwas Nettes, das du unter dem Kleid tragen kannst?«

»Oh, so etwas brauche ich nicht.«

Lorraine sah mir im Spiegel in die Augen. »Es geht nicht darum, was *du* brauchst, meine Liebe. Es wäre nicht für *dich*.«

»Ich schätze, dass ich ein wenig Geld für *ihn* ausgeben sollte?«

»Genau.«

elf

Nachdem ich im fünften Stockwerk von Barney's einkaufen war, sah mein Zimmer aus, als hätte eine Bombe eingeschlagen. Ich war mir sicher, dass mein Spiegel mein Spiegelbild verzerrte. Die Wände hatten jetzt irgendwie Risse und der Boden war bis runter zum Holz abgelaufen. Aber trotz allem sah mein Kleid einfach perfekt an mir aus. Die Armbänder, die ich gekauft hatte, um die blauen Flecken dort zu verdecken, klirrten aneinander, sobald ich mich um mich selbst drehte, um das Kleid schwingen zu lassen. Ich hatte versucht, Lorraine klarzumachen, dass die rote Sohle der Schuhe nicht zu dem schwarzen Kleid passen würde, aber Lorraine hatte darauf bestanden, dass es gut t aussähe und da sie mir immer gesagt hatte, was nicht zu mir passte, war ich mir sicher, dass sie mich auch da nicht verarscht hatte

Die Rechnung kam und auch wenn ich diese nicht bezahlen müsste, musste ich doch für das unterschreiben, was ich aus dem Laden mitnahm. Lorraine hatte diese mit einem Lächeln über Shondas kleinen Schreibtisch geschoben. Ich kontrollierte die Artikel und den Preis. Er lautete zweihausend, neunhundert und neunundneunzig Dollar.

»Ich weiß, dass ich mehr als das ausgegeben habe«, hatte ich gesagt. »Ich habe gesehen, wie viel allein die Schuhe kosten.«

»Na ja, du hast mich erwischt«, hatte sie geantwortet. »Du solltest die Preisschilder ja gar nicht erst sehen. Wenn du also niemandem sagst, dass du die Preise gesehen hast...« Sie pausierte und lächelte, um mich wissen zu lassen, dass es natürlich kein Problem darstellte. »Ich werde dir sagen, was los ist. Mister Drazen hat uns gebeten, die Rechnung mit genau diesem Wert auszuweisen, egal wie der Preis am Ende ausgesehen hätte. Er hat gesagt, dass du den Witz verstehen würdest.«

»Oh ja, ich verstehe ihn tatsächlich.« Ich hatte unterzeichnet und versucht, nicht zu breit zu lächeln. Und als ich jetzt in den Spiegel meines Schlafzimmers sah, musste ich wieder grinsen.

Gabby hatte sich um meine Haare gekümmert, um die Bissspuren abzudecken und hatte während der ganzen Zeit über immer wieder ein, »Tss, tss«, hören lassen, was mich zum Kichern brachte. Ich hatte ihr so ziemlich alles über letzte Nacht erzählt und nur die Stellen ausgelassen, die zu den blauen und schwarzen Schenkeln geführt hatten. Sie hatte die Stimme einer sehr gläubigen Frau imitiert, was mich in einen so starken Lachanfall hineinkatapultiert hatte, dass ich schon befürchtet hatte, dass ich mir eine Rippe brechen würde. Wir waren gerade im Badezimmer und spielten mit dem Make-up rum, als es an der Tür klingelte.

»Gott«, sagte ich, »ich fühl mich so lächerlich. Es fühlt sich an, als würde ich auf den Abschlussball gehen.«

»Du warst nicht auf dem Abschlussball.« Gabby cremte ihre Finger mit einer Handcreme ein. »Du und Darren seid in der Limo geblieben, um rumzumachen.«

»Und du und Bennet Provist? Im Elysian Park?« Ich warf Tuben und Pinsel in meine kleine Kosmetiktasche.

»Yeah. War ein großartiger Abschlussball.«

»Mon!«, rief Darren vom Wohnzimmer aus. »Hier ist ein Gentleman an der Tür, der nach dir fragt!« Oh Gott, Darren konnte so peinlich sein. Ich rannte nach draußen, um das Schlimmste zu verhindern.

Jonathan stand in der Türöffnung und sah zu groß für diesen begrenzten Bereich aus. Er trug einen Smoking, der nur für ihn angefertigt worden war, für niemand anderen. Er und Darren lächelten.

»Ja, Sir«, sagte Jonathan, »der Tanz wird beaufsichtigt.«

»Ich will sie bis um elf wieder sicher zu Hause wissen.«

Ich trat ins Wohnzimmer, bevor er sich vollkommen zum Deppen machte. In dem Moment sah mich Jonathan zum ersten Mal in meinem neuen schwarzen Kleid. Er mochte es. Er presste seine Lippen zusammen, um ein Lächeln zu vermeiden, das mir vor Gabby und Darren unangenehm gewesen wäre.

»Du hast dich ja herausgeputzt«, sagte ich.

»Auch du scheinst geplant zu haben in diesem alten Ding, das du da am Körper trägst, herauszukommen, um zu putzen.«

Ich schnappte meine Clutch zu. »Ich hatte einfach Glück, dass die Heilsarmee noch so spät offen hatte.«

Er hielt mir seine Hand hin und ich legte meine Hand in seine, woraufhin wir unsere Finger miteinander verwoben.

»Darren kennst du ja nun schon, schätze ich?«

»Ja. Er hat seine Schrotflinte erwähnt.«

»Das ist Gabby.«

»Es freut mich, dich kennenzulernen«, sagte Jonathan.

»Hi.«

»Okay, großartig«, sagte ich. »Lass uns gehen.« Ich zog ihn aus dem Haus. Ich sah Lil außerhalb des Bentley stehen, der fast so aussah, als wäre er vertikal auf dem Hügel geparkt worden.

Darren stand in der offenen Tür und wackelte mit seinem Zeigefinger. »Erinner dich an das, was wir besprochen haben. Nicht eine Minute später, junger Mann.«

Jonathan ging einen Schritt zurück und winkte Darren zu. »Morgen früh um elf, alles klar, Sir.«

»Hi, Lil«, sagte ich. »Wie gefällt dir mein Hügel?«

»War eine Herausforderung«, sagte sie. »Ich würde es gerne mal in dem Jaguar testen.«

»Sei aber vorsichtig.«

»Ich bin vorsichtig auf die Welt gekommen, Miss.« Sie öffnete uns beiden die Tür. Ich glitt hinein, Jonathan folgte meinem Beispiel und saß mir dann gegenüber. Die Trennwand, die zwischen uns und Lil lag, war geschlossen. Wir saßen für genau zehn Sekunden absolut still da. Meine Augen mussten ihn aber genauso verschlungen haben, wie er versuchte, mich mit seinen auszuziehen. Sobald das Auto losrollte, kollidierten wir miteinander, Lippen suchten, Zungen verschmolzen, Hände testeten, wie weit sie gehen konnten, ohne das Risiko einzugehen, irgendwo eine Falte oder Flecken zu bewirken.

Er legte seine Hände auf meinen Rock, und als er die Strumpfbänder spürte, flüsterte er ein *oh* in mein Ohr. Aber ich verzog das Gesicht, da er weit genug nach oben gekommen war, um in Berührung mit den blauen Flecken zu kommen. Er lehnte sich zurück und sagte: »Lass mich mal sehen.«

Ich schob den Rock nur bis dahin, wo die Strümpfe in die Strapse übergingen.

»Monica, bist du auf einmal schüchtern geworden?«

»Bitte flipp nicht aus.«

»Ich verspreche dir, dass ich ausflippen werde.« Sein Ton verriet mir, dass er »ausflippen« nicht so meinte, wie ich das tat.

Ich schob den Rock noch weiter hoch, bis ich die schwarzen Seidenstrapse vollständig seinem Blick freigab und auch wenn die Vorderseite meiner Beine in Ordnung aussah, konnte er definitiv die verletzte Innenseite erkennen.

»Das war ich?«

»Das waren wir. Ich hätte keine Strapse tragen sollen, aber sie sahen so hübsch aus.«

»Dreh dich um.«

Ich drehte mich in die Richtung des Fensters, meine Knie auf dem Sitz, während ich versuchte mein Gleichgewicht zu halten. Er berührte mich, nachdem er den Rock meines Kleides hochgeschoben hatte, seine Finger strichen kaum merklich über meine Haut. Er verletzte mich nicht, aber die Erwartung, dass es passieren könnte, ließ mich trotzdem zusammenzucken. Er küsste mich, wo es schmerzte, seine Lippen sanft und um

Vergebung flehend. »Es tut mir leid«, sagte er, als er die hintere Seite meiner Schenkel küsste.

»Muss es nicht. Das war es mir wert.« Er zog mein Kleid wieder nach unten und manövrierte mich sanft in eine sitzende Position. Ich nahm seine Hände in meine. »Ich habe nur ein paar blaue Flecken, aber ich hatte niemals Angst.«

»Ich fühle mich furchtbar.« Seine Ellbogen waren auf seinen Knien abgestützt, eine Position, die mich an den Morgen erinnerte, als ich ihn gesehen hatte, wie er sich mit seiner Ex-Frau auf der hinteren Terrasse unterhalten hatte. Seine Augen suchten in den meinen nach versteckter Wut.

»Okay, hör auf. Echt jetzt. Noch nie habe ich auf eine derartige Weise Sex gehabt. Die blauen Flecken werden heilen. Meine Hirnchemie ist jetzt allerdings total im Arsch.«

»Das ist ein großes Kompliment. Ich sollte mich wohl bedanken.«

Er schwebte mit seinen Händen über meinen Schenkeln. »Ich habe Angst, sie zu berühren.«

»Tu es.«

»Ich muss für ein paar Tage nach San Francisco. Sobald ich wieder hier bin, sollten diese blauen Flecken wieder weitestgehend geheilt sein, damit ich mir keine Sorgen mehr machen muss, ob ich dir vielleicht wehtun könnte.«

»Ich erinnere mich, dass ich dich darum gebeten habe.«

»Gott«, flüsterte er, »das tue ich auch.«

Er legte seine Hände gegen meinen Hals und küsste mich auf dem ganzen Weg bis zum Museum.

zwölf

Vom Parkplatz aus liefen wir Händchen haltend ins L.A. Mod, mit einem kleinen Umweg um den Block. Seine trockene Handfläche an meiner, während sein Daumen kleine Kreise auf die Innenseite meines Handgelenks zeichnete und der Klang seiner Stimme schien eine direkte Verbindung zu der Hitze zwischen meinem Schritt zu haben, welcher nach dem Rummachen im Auto in seinem eigenen Rhythmus pochte.

Das Museum war an einer der verkehrsintensivsten Straßen in der Stadt gebaut worden, etwas zurückgesetzt, um Raum für einen Vorplatz aus Granit zu belassen, der links und rechts von Treppen flankiert wurde, die nach dem ersten Treppenabsatz in einer Terrasse endeten. Das Zusammentreffen begann bereits auf dem Vorplatz. Jonathan stellte mich dreißig Leuten vor, von denen ich bereits jetzt schon wieder die Namen vergessen hatte. Gabby hätte einen Heidenspaß dabei gehabt, die Verbindungen zwischen allen zu finden, aber alles, was ich sah, waren die teuren Kleider und Manschettenknöpfe. Ich sah jetzt allerdings, warum Jonathan darauf bestanden hatte, dass ich Barney's einen Besuch abstattete. Ich wäre mit meinem Shirtkleid aus Baumwolle, wie ein bunter Hund herausgestochen.

»Indem du mich zu Barney's geschickt hast, hast du *mich* vor einer Blamage bewahrt«, flüsterte ich ihm zu, nachdem er mich erneut jemandem vorgestellt hatte. Ich hielt Jonathans Hand in meiner und lehnte mich näher an ihn heran, als wäre er ein Kontrabass.

»Ich wollte nur, dass du hier reinpasst.«

Ich drückte seine Hand und sah mich in der Menschenmenge um, meine Augen auf den Treppenaufgang fixiert.

»Warum bist du so nervös?«, fragte er. »Ich werde dich jedem vorstellen, dem du vorgestellt werden möchtest.«

»Ich bin nicht nervös.«

»Doch, das bist du.«

»Kevin.« Ich sah Jonathan direkt an, als ich den Namen aussprach. Es war mir peinlich, dass ich nach meinem Ex-Freund Ausschau hielt, wenn ich doch mit meinem derzeitigen Liebhaber hier war, aber ich hatte keine Illusionen, wenn es um meine Zukunft mit diesen Männern ging. »Es tut mir leid. Ich will wirklich nicht unhöflich sein. Ich will ihm plötzlich nur irgendwie aus dem Weg gehen.«

»Monica, wenn du mit mir zusammen bist, musst du bei einer möglichen Begegnung mit Kevin oder irgendjemand anderem, nicht nervös sein.« Er führte mich die steinernen Treppen nach oben.

»Ich bin nicht nervös.«

»Du solltest lieber nur die Wahrheit über diese Lippen kommen lassen.«

Ich schüttelte meinen Kopf und wandte meinen Blick von ihm ab. Dann sah ich sie auf dem obersten Absatz der Treppen stehen: Jessica Carnes. Die Fotos im Internet wurden ihr nicht gerecht. Sie sah auf Bildern umwerfend aus, aber in Person war sie schlichtweg exquisit. Sie trug an ihrem schlanken, wohlgeformten Körper ein langes, weißes Kleid und niedrige Absatzschuhe an kleinen Füßen. Sie sah uns, oder wohl eher Jonathan, und entschuldigte sich bei einem Pärchen, mit dem sie sich gerade unterhalten hatte.

Jonathan drückte meine Hand. Ich sah in seine Richtung und sprach angelehnt an ihn, während ich versuchte, meine

Lippen so wenig wie möglich zu bewegen. »Und da kommt die Person, die *dich* nervös macht.«

»Ich hasse es«, sagte er.

»Wir können uns einander den Rücken stärken. Dann kannst du mich heimbringen und auch noch den Rest meines Körpers blau färben.«

»Die Dinge, die über deine Lippen kommen.«

»Sagen dir zu?«

»Ja.« Er sah mich an und schloss für einen Augenblick seine Augen, bevor er seiner Ex-Frau gegenübertrat. »Jess, wie geht es dir? Herzlichen Glückwunsch!« Sein Lächeln war so breit, ich musste befürchten, dass sein Gesicht auseinanderbrechen könnte. Es war kein glückliches Lächeln. Sie tauschten Küsschen auf die Wangen aus, seine Hand auf ihrer nackten Schulter.

»Danke«, sagte sie. »Ich bin froh, dass du kommen konntest.« Sie drehte sich um neunzig Grad und schenkte mir dann ihre Aufmerksamkeit, ihre himmelblauen Augen blitzten mit eiskaltem Vergnügen auf. »Wir kennen uns noch nicht.« Sie streckte mir ihre Hand entgegen.

Jonathan sprach, bevor ich auch nur ein Wort herausbekam. »Das ist Monica.«

Ich schüttelte ihre Hand, und zu meiner Überraschung war sie warm. »Es ist nett, dich kennenzulernen«, sagte sie. »Wirklich sehr, *sehr* nett, dich hier zu sehen.«

»Vielen Dank«, sagte ich. Als ich versuchte, ihr meine Hand zu entziehen, legte Jessica ihre linke Hand für eine Sekunde auf unsere verbundenen Hände, bevor sie losließ.

»Wo ist Erik?«, fragte Jonathan.

Ihr Gesichtsausdruck veränderte sich nicht. Kein Haar oder Muskel zuckte. »Er ist nicht gekommen.«

»Ah, zu dumm. Na ja, wir werden uns mal eintragen. Wir sehen dich dann drin?«

»Sicher.« Eine weitere fünfundvierzig Grad Drehung und sie sprach schon wieder mit jemand anderem. Jonathan legte seinen Arm um meine Schulter und führte mich fort.

»Wer ist Erik?«, fragte ich.

»Der Mann, für den sie mich verlassen hat.«

Ich schüttelte meinen Kopf. »Ihr seid zu verdammt erwachsen für mich.«

Er gluckste, als hätte er so viel, was er darauf sagen könnte, aber nicht wusste, wie er es ausdrücken sollte.

dreizehn

Die Galerien waren so gestaltet worden, dass sie ständig umgebaut werden konnten. Der riesige Bereich war durch mehrere Trennwände, die im Moment so wirkten, als würden sie für immer dort stehen, aufgeteilt worden, ließen aber noch genügend Raum für riesige Skulpturen. Die Beleuchtung war kontrastarm, warm und beständig, was den Leuten in den Räumlichkeiten schmeichelte. Der Raum war so groß, dass ich sogar aufhörte, mich nach Kevin umzusehen und einen Blick auf die Arbeiten warf.

Lynn Francis entwarf noch immer riesige, fotorealistische Darstellungen von gebrandmarkten Kuscheltieren. Star Klein hatte einen Eimer voll Fleisch in eine Box aus Plexiglas gestellt. Borofsky zählte noch immer mit einem blauen Kuli von eins bis zu einer Milliarde. Elaine Slomoff strickte Pullover, auf denen die Namen von denjenigen standen, die im Krieg ihr Leben lassen mussten. Jessica Carnes hatte drei Skulpturen zur Ausstellung beigetragen, die gute neun Meter hoch waren und nur hier stehen konnten, da aus der bausteinartigen Decke Stücke entfernt worden waren, was zur Folge hatte, dass man den Himmel über unseren Köpfen

betören

betrachten konnte. Das Fundament der Skulpturen war wie die
Plastikstäbchen von Lutschern geformt und der obere Teil, der
in den Nachthimmel ragte, zeigte echte Bäume. Sie hatte sie
beschnitten, damit diese wie ein Eis am Stiel aussahen, eins
von denen, die zwei Geschmacksrichtungen in einem hatten,
mit zwei Holzstäbchen, die du dann in der Mitte durchbrichst,
um es mit deiner Schwester teilen zu können, wenn du denn
eine hattest.

»Irgendwelche Einblicke?«, fragte ich Jonathan, während
ich neben ihm unter dem belaubten Eis am Stiel stand.

»Sie verherrlicht die Natur gegenüber der Popkultur. Das
ist, was sie macht. Sie hat die Wurzeln entfernt, also sind sie
dazu bestimmt zu sterben, wie alles auf der Welt.«

Ich drehte mich zu ihm und fühlte mich gewöhnlich und
ahnungslos im Hinblick auf dieses Thema. »Ich denke, es
handelt sich um Kuhscheiße an einem Holzstäbchen.«

»Die Fähigkeit über moderne Kunst zu sprechen, ist das
Zeichen für einen intelligenten Verstand.« Sein Ton klang
arrogant, aber einladend. Er erwartete auf ein Comeback.

Ich drehte mich, um ihn ansehen zu können, aber stand noch
immer seitlich zu ihm, meine Finger mit seinen verwoben, und
sprach leise in sein Ohr. »Jeff Koons Großartigkeit und Damien
Hirsts Ausschmückungen der Alltäglichkeit, dividiert durch
Coosje van Bruggens Extremität des Unscheinbaren…ist gleich
Kuhscheiße. Die Anwesenheit des Holzstäbchens ist unantastbar.«

Wir betrachteten uns für einen Augenblick. »Angemessene
Bildung«, sagte er. »Und du hast van Bruggen richtig
ausgesprochen. Was verheimlichst du noch vor mir?« Er rieb
über die Innenseite meines Unterarms und brachte meine
Nervenenden zum Aufflackern. Ich wollte ihn küssen, aber ich
galt hier als eine Fremde und wusste nicht, wen ich vielleicht
damit verärgern würde.

»Ich kann einen Kerl, kurz bevor er die rettende Endbase
erreicht, rausschmeißen«, sagte ich. »Mein Arm ist wie ein
Gewehr, jedenfalls solange der Werfer nicht im Weg rumsteht.«

Unsere Nasen berührten sich leicht und meine Lippen
spürten die Hitze seiner. Ich konnte seinen einnehmenden

Duft wahrnehmen und die Fenchelzahncreme in seinem Atem schmecken.

»Monica?« Ich kannte diese Stimme. Sie hatte meinen Namen in der Dunkelheit der Nacht ausgesprochen, mit dem Mondlicht, das durch das Fenster gekommen war, und ihn am helllichten Tag herausgebrüllt, als die Hitze den Asphalt zum Kochen brachte. Mein Name war während Gelächtern und Tränen und Wut und der Demut von seinen Lippen gefallen.

Ich drehte mein Gesicht von Jonathans weg. »Kevin.«

»Es tut mir leid, ich, äh…wollte euch nicht stören, aber ich wusste nicht, ob ich dich heute Abend nochmal erwischen würde.« Er trug auf einer Abendveranstaltung, auf der Schwarz angedacht war, einen braunen Anzug mit einer violetten Krawatte und einem blaugestreiften Hemd. Es sollte wie das pure Chaos wirken, aber er sah umwerfend aus, als wäre er ein willkommener Gast in diesem Universum, aber letztendlich doch kein Teil davon. Das Tuch in der kleinen Tasche seines Anzugs war zu einem winzigen Dreieck zusammengefaltet und seine Hosen passten ihm, als wären sie nur für ihn angefertigt worden. Er war nur für diese Veranstaltung einkaufen gegangen, und falls er keine reiche Freundin hatte, musste sich das Unternehmen namens Kevin Wainwright wohl gut entwickelt haben.

»Hi, Kevin. Das ist Jonathan.«

Kevin hielt ihm seine Hand entgegen. »Drazen?«

»Korrekt.«

Natürlich wusste Kevin, wer Jonathan war, jedenfalls dem Namen und dem Gesicht nach. Er hatte es zu seiner Aufgabe gemacht, jeden zu kennen, der sich Kunstwerke dieser Art leisten könnte.

Kevin wandte sich wieder mir zu. »Hast du schon meine Arbeit gesehen?«

»Nein, wo befindet sie sich denn?« Natürlich war er um sich besorgt. Natürlich dachte er sich nichts dabei, einen privaten Moment zu unterbrechen, damit er mich fragen konnte, ob ich *sein* Werk bereits in Augenschein genommen hatte.

»Kein Stress«, sagte er. »Es befindet sich gleich um die nächste Ecke. Ich wollte dich nur zuerst sehen und sagen, dass...« Er sah kurz zu Jonathan, dann wieder zu mir. »Ich hoffe einfach nur, dass du es magst. Entschuldige mich.« Er verschwand wieder in der Menge.

»Das war merkwürdig«, sagte ich.

»Wir sollten wohl besser nachsehen, ob es Kuhscheiße an einem Holzstäbchen ist.« Jonathan bot mir seinen Arm an und dann bogen wir um die nächste Ecke.

»Kevin Wainwright platziert seine Scheiße immer in eine Box.«

Kevin war für Installationen bekannt. Zwei Dimensionen konnten ihn und seine großartig beschissenen Ideen nicht aufhalten. Sein erstes Werk hatte sich in einem drei mal drei Meter großen Schaufenster befunden, das er im schlimmsten Viertel der Stadt angemietet hatte. Als seine Eltern in eine Zweiraumwohnung ins Zentrum von Seattle gezogen waren, hatten sie ihm seine gesamten Besitztümer aus dem Keller zugeschickt. Jedes einzelne Spielzeug, Brettspiele und Dinge, nach denen er in seiner Kindheit süchtig gewesen war. Aber für ihn war das alles kein Müll. Für ihn handelte es sich um die vierte Gewalt. Er hatte einen ganzen Monat in diesem Schaufenster mit dem Aufhängen, Anbringen, Ankleben und dem Festschnallen von Dingen an Wände verbracht; hatte Tische für die *Mise en Scène* mit Plastiksoldaten und Actionfiguren vorbereitet; Brettspiele und Kartenspiele neu interpretiert, die verschiedenen Bestandteile anderer Spielen zugeordnet, um daraus etwas Neues zu kreieren. Damals hatte ich ihn noch nicht gekannt. Ich hatte mein Bett erst mit ihm geteilt, als er bereits einen aufstrebenden Kometen über dem Nachthimmel der Künstler dargestellt hatte. Ich hatte von seinem Schaufenster in der Stadtmitte gehört gehabt, das den Namen *Spielhalle Idaho* zugeteilt bekommen und Hunderte von Nachahmungstätern auf die Bildfläche gerufen hatte, aber es war keine weitere Erfolgsstory daraus entstanden.

Kevin war auch ein gerissener Geschäftsmann. Das Problem bei Installationen bestand darin, dass man sie schlecht verkaufen konnte. Seine Art der Kunst war kein Gemälde, das eine reiche Person in einem Wohnzimmer aufhängen könnte oder eine Skulptur, die man in den Garten stellen könnte. Er verkaufte die Skizzen, die er immer vor einem neuen Projekt anfertigte und arbeitete mit einem kleinen hipsterangehauchten Buchbinder auf dem Santa Monica Boulevard zusammen, um limitierte Büchlein zu kreieren, welche die silbernen Durchdrucke seiner Originalskizzen der Installationen enthielten, und von wortreicher, übermodifizierter Prosa begleitet wurden, die beschrieben, was er mit seinen Kreationen ausdrücken wollte.

Ich wusste, dass sein Ausstellungsstück totaler Mist sein würde. Ich wusste, dass es eine fabrizierte und nervige Bedeutung haben und mich an all sein Getue erinnern würde. Aber als ich um die Ecke trat und die Tür zu der Installation sah, wurde ich ein bisschen nervös. Metallschilder waren draußen angebracht. VORSICHT. SCHUTZHELM TRAGEN. ZUTRITT VERBOTEN. Die Schilder zeigten Kevins typische Übertreibungen, aber das Schild über der Tür machte mir wirklich sorgen.

FAULKNER KOHLEBERGWERK.

»Ist das nicht dein Nachname?«, fragte Jonathan.

»Yeah.«

»Bist du sicher, dass du da reingehen willst?«

»Nein.«

Aber ich bewegte mich trotz allem.

Schon von draußen hörte ich einen Kanarienvogel singen, ein einzelner Vogel, der Gesang voll aufgedreht. Der Eingang war gerade einmal anderthalb Meter hoch. Ich lehnte mich ein wenig nach vorne, um reinzukommen und Jonathan hatte es da sogar noch schwerer.

Der Raum war dunkel, mit Scheinwerfern, die auf bestimmte Punkte gerichtet waren, von denen er wollte, dass sie gesehen werden. Zuerst hatte ich mich noch nicht an die Dunkelheit und an das, was ich bisher zu Gesicht bekommen hatte, gewöhnt. Zwei Wände, die sich gegenüberlagen, waren völlig mit Worten bedeckt und an den anderen beiden Wänden klebte Papier in der Größe 20 cm x 30 cm. Mehrere Haufen mit verschiedenartigen Dingen waren auf dem Boden verteilt

betören

und weiteres Papier lag auf Notenständern, die ich mir nicht ansehen konnte, weil Leute davorstanden.

Dann, wie ein Schuss, der abgefeuert wurde, änderte sich der Klang von dem Kanarienvogel zu dem Getute eines Telefons, wenn die Nummer nicht mehr existierte. Jeder zuckte zusammen und einige wurden wegen dieses aufdringlichen Geräusches sogar wütend. Abgesehen von mir. Ich wusste, was dieses Geräusch bedeuten sollte. Ich wusste, was er mit dem Kanarienvogel sagen wollte und ich wusste, mit absoluter Sicherheit, um was es sich bei dieser Installation handelte.

Die Telefongeräusche verscheuchten die Leute, die um einen Haufen herumgestanden hatten, der aus ungefähr neun Teilen bestand. Eine schwarze Kreidemarkierung war um diesen herumgezeichnet worden. Ein Notenständer stand davor. Dieser hatte ein Blatt Papier an ihm haften und auf diesem stand geschrieben:

1 (eine) 400 ml Flasche Purell Shampoo. Zu 50% aufgebraucht. Aktueller Wert - $2,39
1 (eine) 400 ml Flasche Purell Conditioner, für trockenes Haar. Ungeöffnet. Aktueller Wert - $4,79
5 (fünf) Tampax Tampons, normal. Aktueller Wert - $1,34
1 (eine) recycelbare Zahnbürste, weich. Gebraucht. Aktueller Wert - $0
1 (eine) 500 ml Flasche Kiehl's Crème de Corps Moisturizer. Zu 75% aufgebraucht. Aktueller Wert - $12,50

Ich erinnerte mich an viele Gespräche, die wir nur wegen dieser Flasche geführt hatten. Er hatte mich deswegen und wegen allem anderen immer ausfragen müssen, denn er nahm an, dass ich zu inkompetent war, um die Angelegenheit meiner eigenen Haut zu regeln.

»Wie viel gibst du denn für dieses Zeug aus?«, hatte er gefragt und sich dann etwas von der Kiehl's Crème auf die Hand tropfen lassen.

»Diese Flasche reicht für ein Jahr, wenn man nicht so viel davon nimmt.«

Dann schmierte er es mir auf die Schenkel und wir taten es auf dem Boden im Badezimmer. Die Flasche war zu 75% aufgebraucht, weil dies nicht das letzte Mal gewesen war.

Ich fühlte Jonathan hinter mir. »Was ist los?«, fragte er, genau als der Kanarienvogel wieder abgespielt wurde.

»Das ist der ganze Kram, den ich zurückgelassen habe.«

Jemand zu meiner Rechten bewegte sich, was meine Aufmerksamkeit auf einen Haufen Klamotten schwenkte. Meine Jeans und ein T-Shirt, in dem ich immer geschlafen hatte, lagen fein säuberlich gefaltet unter einem einfachen Baumwollhöschen. Ich las mir diese kleine Aufstellung nicht durch. Ich wusste, wie viel diese Jeans wert war. Jede normale Person, die keine Angst davor hatte, wieder in das Leben ihres Ex-Freundes hineingesaugt zu werden, wäre für diese Jeans zurückgegangen.

Zu meiner Linken lag ein Haufen mit Accessoires für die Haare: eine Bürste und ein Zopfgummi. Und eine Palette mit Antibabypillen. Angefangen. Zur Hälfte benutzt.

»Bist du dir sicher, dass du die richtig nimmst?«, hatte er einmal gesagt, als ich einen Tag zu spät war.

»Das Prinzip ist einfach genug.«

»Nicht, wenn du schwanger bist.«

Die Beleuchtung änderte sich und lenkte die Aufmerksamkeit auf die Wände, während die kleinen Haufen der Dinge, die einmal mir gehört hatten, mit den Schatten verschmolzen. Das Gekritzel wurde sichtbar, und mehr als meine Dinge, die für alle sichtbar aufgebahrt waren, mehr als der Wert, den ich zurückgelassen hatte, waren es doch diese Worte, die als ein langer, andauernder Satz festgehalten worden waren, die Monate von verdrängten Gefühlen an die Oberfläche zurückbrachten.

Ich habe nicht gesagt dass sie wichtiger ist warum muss sich immer alles um dich drehen sie braucht mich sie hat versucht sich umzubringen Kevin wie kannst du nur denken dass

etwas anderes das gerade in deinem Leben abläuft wichtiger
sein könnte wie kannst du mir sagen dass ich nicht proben
darf wie kannst du nur das Verlangen danach verspüren
mich zum Schweigen zu bringen ich habe alles für dich
aufgegeben ich kann das nicht mehr ich kann mich nicht um
jeden kümmern ich kann nicht für jeden da sein ich muss
gehen ich muss gehen ich muss gehen ich muss gehen.

»Kuhscheiße in einer Box?«, fragte Jonathan aus einer gewissen
Entfernung, als ob er wüsste, dass es unangebracht wäre, jetzt
näher zu kommen.

»Das sind die letzten Worte, die ich zu ihm gesagt habe.«
Ich lief zur anderen Seite des Raumes. Weitere gekritzelte
Worte an der Wand.

Ich sage dir nicht dass du nicht arbeiten sollst ich sage dir dass
du bei mir bleiben sollst wenn ich mit diesen Kerlen zusammen
bin ich fühle mich in der Nähe von ihnen inadäquat und
dumm und du bist die Einzige der ich vertraue du bist die
Einzige die ich kenne die mir nicht das Gefühl gibt dass ich
ungenügend bin ohne dich bin ich kein Mann du verstehst
das nicht ich brauche dich ich brauche dich ich brauche dich
ich brauche dich.

Ich rannte so schnell wie möglich unter der niedrigen Tür
hindurch.

vierzehn

Da ich Teil dieser Beziehung gewesen war, die Kevin im Faulkner Kohlebergwerk beschrieben hatte, wusste ich auch, wie mutig er gewesen sein musste, dies zu kreieren und zu präsentieren. Zusammen waren wir makellos gewesen. Wir hatten gut zusammen ausgesehen. Wir hatten uns niemals in der Öffentlichkeit gestritten. Niemand hatte auch nur ein Wort darüber gehört, dass irgendetwas zwischen uns nicht weniger als perfekt war. Er trug sein Selbstvertrauen herum wie die Haut an seinem Körper. Diese Installation ließ seine Freunde und Bewunderer auf eine furchtlose Weise wissen, dass unsere Beziehung nicht nur nicht perfekt gewesen war, sondern dass auch er nicht immer selbstbewusst und mit erhobenem Kopf durch die Welt rannte.

Aber das war Kevin. Mister Einhundert Prozent. Als er mich noch geliebt hatte, hatte er das aus vollem Herzen und mit seiner ganzen Seele getan. Ich hatte mir bei ihm niemals über seine Hingabe oder Treue Sorgen gemacht. Ich hatte niemals einen Riss in seiner Leidenschaft entdeckt. Ich war sein Ein und Alles, und egal wie erdrückend das auch für mich war, hatte ich mich doch nie gefragt, wo wir standen. Das allein war schon befreiend.

Aber jetzt würde auch der letzte unserer Freunde Bescheid wissen. Dienstags fand immer seine Pokerrunde statt. Alle würden sich in Jacks Loft zusammenfinden, Zigarren rauchen und über Didaktik in der Postmoderne oder über Definitionen zur Volkskunst aus der wissenschaftlichen Arbeit über kulturelle Zerstreuung im zwanzigsten Jahrhundert philosophieren. Die Freundinnen saßen währenddessen in der Küche, tranken Wein und redeten über Sex. Wie in den Fünfzigern.

Gabby und ich hatten uns dann schließlich dazu entschieden gehabt, eine Band zu gründen, da sie sich besser fühlte, sobald sie spielte. Das hatte ihn wahnsinnig gemacht. Denn von dem Zeitpunkt an, in dem sich Gabby versucht hatte umzubringen, war ich für ihn weniger erreichbar geworden. Harry hatte dafür gesorgt, dass wir immer dienstags umsonst Zeit im Studio verbringen konnten, um zu proben. Perfekt. Er war zum Poker spielen gegangen und ich konnte in der Zeit proben. Aber er rastete regelmäßig aus. Er brauchte meine Unterstützung. Er hatte mich *dort* gebraucht. Warum hatte ich ihn denn für Gabby im Stich gelassen? Und? Richtig, ich hatte regelmäßig ein schlechtes Gewissen. Meine erste Reaktion war immer, dass er recht hatte. Denn darum hatte sich unsere Beziehung gedreht. Um seine Bedürfnisse und davon gab es viele.

Im Skulpturengarten, hinter einer kleinen Pagode, gab es einen Bereich, den die Beleuchtung nicht erreichte. Ich wusste darüber Bescheid, weil ich Kevin dort einmal einen Blowjob gegeben hatte, in der Nacht, in der er seinem Mentor geholfen hatte, seine Retrospektive aufzuhängen.

Ich war auf dem Weg in diese Richtung, als Jonathan auf der Terrasse nach meinem Arm griff. »Monica?«

Ich nahm seine Hand in meine und zog ihn hinter mir her, bis er Jessica erspähte. Sie lächelte uns an. Ich versuchte, nicht in Tränen auszubrechen, also nickte ich nur und überließ den Rest Jonathan.

Er ließ meine Hand los.

Ich sah über meine Schulter. Er und Jessica unterhielten sich. Er war ihr halb zugewandt, während ein Fuß noch immer in meine Richtung zeigte, als wüsste er nicht, für wen er sich entscheiden sollte. Ich hatte dafür keine Zeit. Ich brauchte ihn sowieso nicht. Ich rannte die Treppen nach unten.

Ich war bereits schon auf halbem Wege beim Vorplatz, als ich hinter mir Schritte vernahm. »Monica, warte.«

Ich verlangsamte meinen Schritt, und er griff ohne ein weiteres Wort erneut nach meiner Hand.

Als wir im Erdgeschoss ankamen, lief ich gleich zum Garten mit den Skulpturen. Er war leer, so ziemlich, also verlangsamte ich meinen Schritt wieder. Das Atmen fiel mir schwer. Auf diese Weise weinte ich: Ich atmete schwer. Dann erst würden die fetten Tränen kommen. Ich heulte wie eine Lady, mehr oder weniger, was auch der Grund dafür war, dass ich Jonathan erlaubte, seinen Arm um mich zu legen, um meine Schritte abzubremsen. Wenn ich eine von diesen Leuten wäre, die auf diese abartige Weise rumheulten, wäre ich davongerannt und hätte den Bus nach Hause genommen. Er setzte mich auf eine allein gelassene Bank, langsam, als würde er sich an die Verletzungen erinnern, die er mir zugefügt hatte.

»Ist alles in Ordnung?«, fragte er.

Ich legte meine Finger auf seine Lippen, dann umarmte ich ihn und ruhte meinen Kopf an seiner Schulter. »Mir tut das alles so leid.«

»Ist schon okay.«

»Eigentlich sollte das heute Abend dein Drama werden.«

»Wenn ich ehrlich sein soll, dann ist es mir lieber, dass es sich zu deinem Drama entwickelt hat.«

Ich hob meinen Kopf. »Deswegen hat er mich so spät eingeladen. Er war sich nicht sicher, ob er mich hier haben wollte. Und deswegen war es auch nur eine Einladung für mich, ohne ein Plus Eins.«

»Aber du hast ihn ausgetrickst.« Er holte ein Taschentuch aus seiner Hosentasche und gab es mir. Es war aus einem guten Material, wahrscheinlich Seide, und hatte ein Monogramm.

»Gott, ich fühle mich wie eine totale Schlampe, wenn ich daran denke, wie ich ihn verlassen habe. Was für eine Person würde denn einfach ihre Sachen schnappen und – « Ich holte tief Luft und die fetten Tränen kamen immer, wenn ich blinzelte. Ich tupfte mit dem Taschentuch über meine Augen.

»Jemand, der Angst hat«, sagte Jonathan. »Na komm schon, er hat diese Sache aus seiner Perspektive hergestellt. Du hast doch nicht erwartet, dass es dir gegenüber fair sein würde, oder?«

Ich zuckte mit den Schultern und tupfte erneut, während ich versuchte, wieder die Kontrolle über mich zu erlangen und nicht zu viel von meinem Make-up zu verlieren. Ich schniefte.

»Ich habe ihn einfach verlassen«, sagte ich. »Ich hatte keinen richtigen Abschluss. Ich weiß, dass die Art und Weise, wie ich es getan habe, der einzig richtige Weg gewesen war, denn ich habe es nur einmal geschafft so stark zu sein und ihn in diesem Moment zu verlassen, weil er immer diese spezielle Art hatte, dass ich ihm sofort wieder vergeben würde. Wir wären für alle Zeit dieses Pärchen gewesen, das immer kurz vor einer Trennung gestanden hätte und ich wusste, dass ich es nicht geschafft hätte, noch weitere hundert Mal stark zu sein.«

Ich trocknete wieder meine Augenwinkel mit dem Taschentuch, aber ich wollte kein Mascara dranschmieren, also blieben die nassen Tropfen an meinen Wimpern hängen. Jonathan streichelte meinen Nacken und wartete geduldig ab.

»Ich möchte gar nicht wissen, was du jetzt von mir denkst«, sagte ich.

»Dass jeder Mann, der mit dir zusammen ist, besser seine volle Aufmerksamkeit auf dich richtet. Denn wenn er das nicht tut, wird er eines Tages aufwachen und feststellen, dass du fort bist.«

Ich atmete aus und konnte ein kleines, ungläubiges Lachen nicht unterdrücken. Ich schüttelte meinen Kopf. Falls die Möglichkeit bestanden hätte, von Jonathan mehr zu wollen, als nur einen Fick hier und da, dann waren meine Chancen dafür, gerade unter den Gefrierpunkt gesunken. Wer wollte schon mit einem Psychopathen wie mir zusammen sein?

»Siehst du, eigentlich habe ich versucht, dich auf einer Ebene zu halten, wo ich dir nur das Wichtigste erzähle«, sagte ich. »Und jetzt weißt du zu viel über mich. Ich muss dich jetzt wohl umbringen. Tut mir leid.«

Ich sah von meinem Taschentuch auf. Er starrte auf meinen Mund, als wäre dieser der faszinierendste Körperteil, den er jemals zu Gesicht bekommen hatte. Er berührte meine Unterlippe mit seinem Daumen und bewegte ihn zu meinem Kinn.

»Ich weiß, dass du versuchst, dich zu schützen und vorsichtig zu sein, aber dafür bist du zu real.« Er streifte mit seinen Fingerspitzen über meine Lippen und ich küsste diese. »Ich denke, dass dieses Werk da oben keine Kuhscheiße ist. Ich denke, dass es wohl die gemeinste Sache ist, die ich jemals gesehen habe. Und die einzelnen Stücke zu verkaufen, ist einfach abartig.«

Ich sah auf meinen Schoß runter, wo meine Hände lagen. Meine Handgelenke waren von aneinanderschlagenden Armreifen bedeckt, um die blauen Flecken zu verstecken. Aber ich fühlte mich eher so, als wäre ich heute Abend mental zusammengeschlagen worden.

»Danke fürs Zuhören«, sagte ich. »Das kann einfach nicht attraktiv rüberkommen.«

»Sahest du nie die Schönheit im Augenblick des Leidens, niemals hast du die Schönheit gesehn.«

»Wer hat das gesagt?«

»Irgendein deutscher Dichter. Und jetzt schnäuze deine Nase. Das Geschniefe macht mich wahnsinnig.«

Ich hielt das Taschentuch hoch. »Nein, das kann ich nicht. Es ist zu hübsch.« Ich schniefte erneut.

»Ist das dein Ernst?« Er schnappte sich das Taschentuch und legte es sich über seine Handfläche. Dann legte er es über meine Nase. Es hatte seinen unverkennbar trockenen und nebeligen Duft. »Schnäuze«, sagte er.

Ich sah ihn über das seidige Material hinweg an und er erwiderte den Blick, neigte seinen Kopf zur Seite, als er ungeduldig darauf wartete, dass ich in das Taschentuch schnäuzte, das in seiner Handfläche lag. Seine Mundwinkel zuckten leicht. Er versuchte, nicht zu lachen.

»Komm schon«, sagte er und kniff gleichzeitig in meine Nase.

Ich konnte es nicht mehr zurückhalten. Ich rutschte in einen Lachanfall.

Auch er lachte, auch während er sagte: »Schnäuze jetzt.«

»Das geht nicht, wenn ich lache.«

»Dann hör auf zu lachen.« Er verkaufte die Sache mit dem Nicht-Lachen wirklich schlecht, offensichtlich, denn auch er konnte nicht aufhören.

Ich nahm ihm das Taschentuch wieder ab und drehte mich von ihm weg. Ich schnäuzte meine Nase mit diesem wunderschönen, bestickten Accessoire, faltete es und schnäuzte erneut, bevor ich mich zu ihm drehte. Er hatte sich gegen die Bank zurückgelehnt, sein Arm lag auf der Lehne. Straßenlampen reflektierten Blau auf seine Wangen und die Spitzen seiner Haare. Seine Finger streichelten über meine nackte Schulter.

»Willst du es zurückhaben?«, sagte ich, während ich versuchte, die Kontrolle nicht schon wieder zu verlieren.

»Behalt es.«

fünfzehn

Ich wartete auf dem Rücksitz, während Jonathan draußen mit Lil sprach. Ich wollte ihn wieder nackt sehen. Ich wollte seinen Schwanz und seine Lippen. Ich wollte seine Hände auf meinen schmerzenden Stellen. Aber ich konnte nicht aufhören, an Kevin zu denken. Nachdem ich ihn verlassen hatte, nahm ich an, dass er mich vergessen hatte. Manchmal hatte ich mir gedacht, dass er vielleicht verletzt gewesen war, allerdings hatte dieser Gedanke in mir immer eher Schadenfreude ausgelöst. Er war immer der Selbstbewusste und emotional Stabile gewesen, und ich die Fußmatte.

Jonathan glitt gegenüber von mir auf den Sitz und Lil schlug die Tür hinter ihm zu.

»Wirst du mir gleich sagen, dass ich meine Beine spreizen soll?«, fragte ich.

»Dazu werde ich noch kommen.«

Er bewegte sich allerdings nicht. Er sah mich einfach nur an. Meine Knie waren zusammengepresst. Meine Nippel waren von der Klimaanlage hart geworden und meine Hände lagen gefaltet in meinem Schoß. Als er mit meinem Körper fertig war, sah er mir ins Gesicht.

Das Auto bewegte sich und der Blick auf den Parkplatz verwandelte sich auf einen Ausblick, der L.A. bei Nacht preisgab.

»Ich will Dinge mit dir machen«, sagte Jonathan, »aber du bist dafür im Moment nicht in der körperlichen Verfassung.«

»Ich bin nicht aus Zucker.« Ich versuchte mir die Enttäuschung nicht anhören zu lassen und befürchtete, dass mir das nicht so recht gelungen war.

»Das stimmt.« Er berührte mein Schlüsselbein und zeichnete mit seinem Finger eine Linie nach unten, unter mein Kleid, und zog es dann unter meine Brust. Meine Träger spannten sich an und hielten dem Druck stand, als er meinen Nippel freilegte. »Rutsch etwas nach vorne.« Ich drückte meine Hüften an die Kante des Sitzes und zuckte vor Schmerz zusammen. Er schob auch die andere Seite meines Kleides nach unten, rutschte von seinem Sitz runter und küsste den Nippel, den er gerade befreit hatte. Ich stöhnte und hielt seinen Kopf an meine Brüste. Er saugte hart, dann biss er zu und ich keuchte.

»Ich will dich auf hundert verschiedene Arten an mein Bett fesseln und dich in all diesen Positionen ficken, aber zuerst will ich, dass die blauen Flecken verheilen. Ich will einen weißen Hintern, damit ich ihn erneut blau färben kann.«

»Ich sollte die nächste Frage nicht stellen.«

»Dann tu es nicht.« Er rieb mit seinem Daumen über meinen Nippel.

»Ich muss wissen, ob du mit jedem so bist. Mit jeder Frau.«

Er sah mir für eine Sekunde in die Augen, ohne etwas zu sagen, dann richtete er seinen Blick nach unten. Ich wusste nicht, was ich von ihm hören wollte, aber die Neugier verbrannte mich aus dem Inneren heraus.

Seine Fingerspitzen berührten meine Lippen und ich öffnete meinen Mund für ihn. »Mach sie feucht«, sagte er. »Du wirst es brauchen.« Er schob zwei Finger hinein.

Ich drückte meine Zunge dagegen und fühlte, wie er mit den Fingern über meine Zunge rieb und meine Kehle runter. Er zog sie wieder raus, nur um sie abermals hineingleiten zu lassen. Ich saugte hart, versuchte meine Spucke zum Fließen zu bekommen.

»Komm schon, Monica, das kannst du besser.« Er stieß erneut zu, aber entfernte sie schlussendlich aus meinem Mund, ließ sie über meinen Lippen schweben, bevor er sie wieder hineinstieß. Meine wunde Spalte pochte vor Erregung. Ich wollte ihn, unabhängig von den Schmerzen oder vielleicht genau deswegen.

Seine Finger waren bis zum Anschlag in meinem Mund. Meine Lippen umfingen sie und dann saugte ich. Er benutzte seine Finger, um meinen Kopf anzuheben, damit ich an die Decke sah. Dann fickten seine Finger meinen Mund von oben.

»Schieb deinen Rock hoch. Vorsichtig.« Ich hörte das Grinsen aus seinen Worten heraus, während er seine Finger rein- und wieder rausgleiten ließ. Ich zupfte an meinem Rock, bis er sich um meine Taille ballte.

»Ah, die sind einfach hinreißend.« Er schob seine freie Hand unter den Strumpfhalter im oberen Bereich meiner Schenkel und streichelte über meine sensible Haut, an der Stelle, wo die Schmerzen nicht ganz so schlimm waren. »Und jetzt spreize diese wunderschönen Beine für mich.«

Ein Krieg wütete in meiner Fotze, zwischen dem Schmerz meiner wunden Stellen, den blauen Flecken und dem intensiven Feuer der Lust. Als ich meine Beine öffnete, stöhnte ich an seinen Fingern, denn mir wurde immer heiß, sobald ich mich ihm offenbarte.

»Weiter, Monica. Sei nicht schüchtern.« Ich weitete sie ein Stückchen mehr, aber meine Muskeln brannten. Mit seiner freien Hand riss er meine Beine auseinander. Ich keuchte, als mich gleichzeitig Schmerz und Verlangen durchströmten. Er zog seine tropfenden Finger aus meinem Mund und drückte seinen linken Daumen unter mein Kinn, damit ich weiterhin an die Decke sehen würde.

»Du willst keine Beziehung«, sagte er. »Aber du fragst mich immer wieder nach anderen Frauen.« Er schob seine anderen Finger unter das Material in meinem Schritt und massierte meine Klitoris. »Wie erklärst du dir das?«

»Das weiß ich nicht genau.« Ich wusste nicht, wie ich Worte herausbrachte, ohne gleichzeitig zu stöhnen oder zu keuchen. Der Druck zwischen meinen Beinen lenkte mich ab.

»Doch, das tust du.«

»Ah, das fühlt sich so gut an, Jonathan.«

Er stieß mit den zwei Fingern in meine Fotze. Es brannte den ganzen Weg über, aber ich hob ihm meine Hüften entgegen. Sein Daumen rieb meine Klitoris und ich folgte seinem Rhythmus. Er behielt seinen Daumen – nah an der Grenze des Schmerzes - fest auf meinem Kinn liegen und verhinderte somit, dass ich mich frei bewegen konnte.

»Gestern«, sagte er, »hast du etwas im Hinblick auf Gerüchte erwähnt und hast mich gefragt, wie viele Frauen ich bereits mit in den Club gebracht habe. Und jetzt eine weitere Frage. Willst du nun ficken oder nicht?«

Gott, war ich wirklich so kindisch gewesen? »Ich will ficken.«

»Also was sind deine Absichten? Warum hörst du nicht auf zu fragen?«

»Neugier?«

Er entfernte seine Finger und schob mein Höschen in die ursprüngliche Position zurück. Mein einziger Gedanke: *In Ordnung, jetzt wird er meine Fotze die ganze Nacht über an den Rand des Wahnsinns bringen, und seien wir mal ehrlich, ich werde es lieben.* Aber er machte etwas, das mich überraschte. Ich konnte es nicht sehen, da er mein Kinn noch immer festhielt, aber es fühlte sich an, als würde er gegen meine Klitoris schnippen, so wie er auch einen Krümel vom Tisch schnippen würde, mit seinem Daumen und dem Mittelfinger. Sein Daumennagel kam in Kontakt mit meiner geschwollenen Klitoris, was den gleichen Effekt hatte, als würde ein Stein auf einen Wasserballon treffen. Bei mir kam es als ein exquisiter Schmerz an, dem stechendes Verlangen folgte. Ein Vokallaut entwich meiner Kehle, während ich noch immer gezwungen war, an die Decke des Autos zu schauen.

»Sag es mir, Monica. Warum bist du so interessiert?« Er schnippte erneut dagegen.

»Oh, Jonathan…«, stöhnte ich. Und wieder. Ich fing an, mich zu winden.

»Sag mir, was dir im Kopf herumschwirrt.«

Es war eine umwerfende Folter. Ich konnte nicht sagen, wann er schnipsen würde, aber es fühlte sich intensiv, qualvoll und wunderschön an. Ich wäre niemals in der Lage zu kommen, auch wenn er es noch zwanzigtausend Mal wiederholen würde.

»Wenn ich es dir sage«, sagte ich, »dann erzählst du mir alles.«

Er schnippte in einem kurzen Abstand zweimal gegen meine Klitoris. Ich schrie. »Keine Verhandlungen«, antwortete er.

»Bring mich nicht zum Schreien«, sagte ich. »Lil würde es hören.«

»Dann rede«, sagte er, woraufhin er erneut dagegen schnipste.

»Fick dich.«

»Rede, Baby«, sagte er in einem sanften Ton, als ob er mir schmeicheln wollte.

Ich atmete schwer und fühlte den leichten Druck seiner Hand an meiner Kehle. Ich hätte ihn stoppen können. Meine Handgelenke waren nicht gefesselt. Ich hätte seine Arme fortschieben können. Aber ganz ehrlich, ich wollte es ihm erzählen. »Ich will dich.«

»Und?« Er rieb mein Geschlecht über dem jetzt feuchten Material meines Höschens. Es beschwichtigte die Hitze, aber nicht das Verlangen.

»Ich will dich ganz für mich allein haben. Ich will wissen, was alle anderen nicht gemacht haben, damit ich es machen kann. Damit ich dich länger behalten kann.«

»Ah.« Er entfernte seinen Daumen von meinem Kinn. Meine Beine waren noch immer weit geöffnet und seine Knie verhinderten, dass ich sie schließen konnte. Ich sah ihn an, ich war zutiefst beschämt. Ich war mir sicher, dass er mich wie einen Foul Ball fallen lassen würde, genau hier, auf dem Rücksitz seines Bentley, während ich in einem Designerkleid und Strapsen vor ihm saß. »Drei Mal ist mein Limit. Wir stehen einen Fick vor unserem Ablaufdatum«, sagte er.

»Dann hoffe ich, dass es ein Monsterfick wird, denn ich werde es mit Sicherheit vermissen.«

Er lächelte mich an, dann rutschte er auf dem Sitz nach hinten. Er schloss meine Beine und ich schob mein Kleid wieder runter, glättete es gedankenverloren gegen meine Schenkel.

»Ich sag dir was«, sagte er. »Ich kann dir nichts Langfristiges versprechen. Ich komme einfach nicht über meine Ehe hinweg. Aber ich mag dich mehr, als ich das möchte, und ich bin im Moment an keiner anderen interessiert.« Er nahm meine Hände in seine und sah auf diese herunter, bevor er wieder in meine Augen sah. »Lass es uns versuchen. Solange du verstehst, was niemals sein wird. Jess hat mir in der Vergangenheit durch viel Scheiße durchgeholfen. Sie hat mich auf eine Art und Weise gerettet, die du dir nicht einmal vorstellen kannst.«

Ihn danach zu fragen, wäre gewaltig intim gewesen und vielleicht schon genug, um zu zerstören, was auch immer wir hier hatten. Was auch immer das hier für eine undefinierbare Sache war, kurzfristige, monogame Beziehung, freundschaftliches Ficken, exklusive Affäre, es war nicht, was er mit Jess einmal gehabt hatte. Unsere Verbindung bot nicht die Reichweite, um uns gegenseitig den Halt gegen den Schmerz zu geben, der tief in der Vergangenheit vergraben war, um trotzdem noch eine Reibung in der Gegenwart auszulösen. Seine Vergangenheit gehörte ihr, auch wenn sie die Leine durchtrennt, mit sich genommen hatte, noch immer daran zog und niemand anderem die Möglichkeit gab, die Rettungsleine für ihn zu sein.

»Das verstehe ich«, sagte ich, »und das ist genug für mich.«

»Nicht für lange. Davor hab ich Angst.«

Ich sah ihn für einen Augenblick an, dann runter auf unsere Hände. »Ich bin nicht mit der Absicht in dieses Auto gestiegen, um mehr von dir zu verlangen.«

»Doch, das bist du. Du bist nur nicht immer ganz ehrlich zu dir selbst.« Er legte einen Finger unter mein Kinn. »Du bist eine Göttin, Monica. Habe niemals Angst davor, nach dem zu fragen, nach was es dir verlangt.«

Unsere Gesichter waren nur einen Hauch voneinander entfernt. Ich küsste ihn sanft auf die Lippen, während einige

Minuten vergingen und die Stadt an unseren Fenstern vorbeirauschte. Ich hörte mein Handy brummen und ignorierte es. Unsere Mobilfunkgeräte waren wie ein Chor aus Glocken in der falschen Kirche. Ich fühlte, wie das Auto nach vorne kippte, als würde es von einer Klippe fallen.

Ich sah aus dem Fenster, als wir schließlich anhielten. »Du hast mich nach Hause gefahren?«

»Du bist überall, wo ich dich gerne ficken würde, grün und blau, und wenn du mit zu mir kommst, würde ich dich ficken wollen.«

»Du sagst immer die süßesten Sachen«, sagte ich trocken.

»Gefällt es dir?«

»Nicht wirklich.«

»Komm schon, Monica. Ich werde für ein paar Tage nicht in der Stadt sein. Sobald ich zurück bin, können wir weitermachen, wo wir aufgehört haben.«

»Du lässt mich *so* zurück, über mehrere Tage? Es fühlt sich an, als hätte ich einen Baseball zwischen meinen Beinen.«

»Du wirst dich nicht berühren. Dieser Orgasmus gehört mir und ich vertraue darauf, dass du ihn für mich aufbewahrst.«

Ich lehnte mich vor und küsste seine Wange, seine Nase und seine Lippen. »Er wiegt zehn Kilo. Lass mich einfach kommen.«

»Ich werde dich kommen lassen, sobald ich zurück bin«, sagte er in mein Ohr. »Immer und immer wieder.« Er griff nach hinten und klopfte an die Trennwand zwischen uns und dem Fahrer.

»Das ist ein wirklich fieser Wesenszug, den du da hast.«

Er lächelte mich an, als wüsste er verdammt gut, aus was sein Wesenszug gestrickt war. Lil öffnete die Tür und wir stiegen aus. Er küsste mich vor den Treppen meines Hauses und mein Handy brummte erneut. Von meiner Veranda aus beobachtete ich, wie der Bentley den Hügel runterschwebte, fast so, als wäre eine Feder von einem hohen Gebäude heruntergeworfen worden. Als ich ins Haus trat, hörte ich, dass das Klavier die Aufmerksamkeit bekam, die ich mir für heute Abend gewünscht hatte.

sechzehn

Gabby war noch wach. Niemand sonst konnte so spielen. Sie hörte nicht auf, als ich ins Zimmer trat, aber sie nickte mir zu.

»Es ist elf Uhr am Abend«, rief ich über die Lautstärke der Musik hinweg.

»Und?«

»Kannst du vielleicht etwas spielen, das nicht ganz so bombastisch klingt, damit die Nachbarn nicht wieder die Bullen anrufen?«

Sie hörte ganz auf zu spielen. »Warum bist du Zuhause? Hattet ihr einen Streit oder so?«

»Nein. Wo ist Darren?« Ich ließ meine Tasche auf den Boden fallen und kickte meine Schuhe von den Füßen, bevor ich mich auf dem Sofa ausbreitete. Sogar das bloße Liegen auf der Couch ließ mich an Sex denken, ein Gedanke, der noch zu dem Pochen zwischen meinen Beinen dazukam. Verdammter Jonathan.

»Der Dödel ist schon wieder bei einem Date.« Sie klimperte eine süße, kleine Melodie auf den Tasten. Ich hatte sie noch nie zuvor so gesehen, ohne viele Worte und einem Ton, der aufgestaute Wut verriet. Ich wünschte, dass ich meine alte Schulfreundin wiederhaben könnte. Sie hatte Spaß am Leben gehabt. Die Person, auf die ich die letzten zwei Jahre aufgepasst hatte, hatte alle paar Wochen eine neue Persönlichkeit.

»Und? Wir haben dich freigelassen. Du solltest dich darüber freuen.«

»Das tue ich. Ich treffe mich gleich mit Theo für eine Mitternachtsshow im *Sphere*.«

»Der schottische Theo mit den Tattoos? Er ist in Ordnung.« So sehr ich auch versuchte so zu klingen, als würde ich mich für sie und diese Sache freuen, die sie mit Theo am Laufen hatte, als würde ich sie unterstützen, schien sie doch abgeneigt, meine Anspielung als Köder anzusehen. Sie war schon immer so, was ich auch immer gemocht hatte, aber in den letzten Jahren hatte sich diese Eigenschaft von charmant in alarmierend verwandelt.

»Also«, sagte sie, »Darren hat eine Freundin, die auch weiterhin ein Geheimnis für uns darstellt. Du hast Mister Stinkreich.«

»Ich habe niemanden. Es ist total zwanglos.«

Sie ignorierte mich und meine Halbwahrheit. Ich war dabei, mich in Jonathan zu verlieben, und sie wusste es besser als jeder andere. Sie drehte sich wieder zum Klavier und spielte etwas Sanftes und Sinnliches, was das Bedürfnis in mir auslöste, ins Badezimmer zu rennen und mich selbst zu einem Orgasmus zu fingern, nur damit ich dann auch in der Lage wäre einzuschlafen.

Mein Handy brummte wieder und diesmal sah ich drauf. Die Nummer befand sich nicht in meinen Kontakten, aber ich erkannte sie dennoch.

– Triff dich mit mir –

Als ich durch die Nachrichten scrollte, fand ich weitere fünf Nachrichten in dieser Art.

– Triff dich mit mir –

– Triff dich mit mir –

– Triff dich mit mir –

– Triff dich mit mir –

– Triff dich mit mir –

»Wie ist Kevin bitte an meine Nummer rangekommen?«, fragte ich.

»Darren. Ich hab ihm gesagt, dass er es besser lassen sollte.«

»Gott. Hat er einen Schaden? Ist das so ein Männerding? Wir sind alle zu maskulin, um zuzugeben, dass etwas ein Problem darstellen könnte?«

Ich hielt Gaby das Handy vor die Nase, damit sie die sechs Nachrichten sehen konnte. »Du solltest dich mit ihm treffen«, sagte sie. »Er hat sich nach dem Auftritt mit uns getroffen. Ich denke, er ist über dich hinweg.«

»Was diese Nachrichten natürlich bestätigen.« Ich wackelte mit dem Handy vor ihrem Gesicht herum, damit sie sehen konnte, was ich meinte, dann antwortete ich ihm.

– Lass mich in Ruhe –

»Ich geh ins Bett«, sagte ich. »Hast du deine Medikamente genommen?«

»Jep.«

Ich blieb für einen Moment hinter ihr stehen. Ich glaubte ihr nicht und ich wusste nicht, ob ich etwas sagen sollte oder lieber nicht.

Ich schlurfte zum Badezimmer und nahm die Dose mit den Antidepressiva raus. Sie hatte sich diese erst am Montag wieder auffüllen lassen. Da waren eine Menge Tabletten in der Dose, und vor einem Monat hätte ich diese gezählt. Ich hätte die Nachricht von Darren auf meinem Handy gelesen, die mir die letzte Anzahl angezeigt hätte, um dann die Stunden zu zählen, wie lange es her war, damit ich mir ausrechnen konnte, ob sie heute bereits zwei Tabletten geschluckt hatte. Danach hätte ich Darren eine Nachricht mit dem Ergebnis geschrieben und alles wäre wieder heil in der Welt gewesen.

Aber ich wusste, dass ich die Tabletten nicht zählen würde. Darren hatte mir bereits seit eineinhalb Tagen keine Nachricht mehr mit der Tablettenanzahl geschrieben. Außerdem war ich müde und geil und mein Handy brummte schon wieder.

Ich steckte den Verschluss auf die Dose und stellte sie weg. Ich putzte meine Zähne, ging ins Bett und nahm das Handy mit unter meine Bettdecke.

– Lass es mich bitte erklären. Ich musste diese
Arbeit anfertigen. Ich habe nicht versucht,
dir damit wehzutun. Ich weiß, dass du mit
jemand anderem glücklich bist –

Glücklich. Sicher. Kevin hatte nur die Monica kennengelernt, die sich niemals auf etwas Zwangloses eingelassen hätte. Er kannte nur mein Beziehungs-Ich. Ich fühlte mich in Bezug auf Jonathan plötzlich grauenhaft. Zweimal Sex und die paar Mal, in denen er mich gefingert hatte. Was könnte sich daraus wirklich jemals entwickeln? Mehr Sex, einmal, vielleicht auch zweimal und viele verweigerte Orgasmen. Am Ende würden wir beide wieder getrennte Wege einschlagen. Er hatte in seinem Herz keinen Platz für mich. Das hatte er mir klar und deutlich zu verstehen gegeben. Noch nie in meinem Leben hatte ich mich dermaßen leer gefühlt.

– Gute Nacht, Kevin –

Ein weiterer Text kam an.

– Danke für heute Abend. Ich werde
dich im Laufe der Woche anrufen, um
nachzufragen, wie es dem Baseball geht. –

– War mir ein Vergnügen –

*– Apropos…einen Tag, nachdem ich
zurückkomme, spielen sie gegen die Mets. –*

Ich hatte eine schwungvolle Antwort parat, aber mir war
nicht danach. Jede noch so kleine Aufmerksamkeit, die er mir
zukommen ließ, machte mich traurig, da es nur von kurzer
Dauer sein würde und bedeutungslos war. Ich hatte weder die
Kraft noch den Willen, dieses Spielchen zu spielen.

– Ok, gute Nacht. –

Brumm.

– Triff dich mit mir. –

Ich machte mein Handy aus und schloss meine Augen. Der
Baseball zwischen meinen Beinen schrumpfte zu einer Olive
zusammen und ich schlief schließlich ein.

siebzehn

Auch wenn ich nicht verstand, wie das möglich sein konnte, schmerzte mein Körper am nächsten Morgen sogar noch mehr. Gabby war schon wach, als ich in die Küche schlurfte. Sie starrte, während sie eine Tasse Kaffee in den Händen hielt, in eine Ecke des Raumes. Wenn mir jemand eine Waffe an den Kopf halten und mich fragen würde, wäre meine erste Antwort, dass der Kaffee wahrscheinlich kalt war.

»Gabby?«

»Meinst du, wir sollten für das Meeting ein neues Set einüben?«

»Bei WDE? Nein. Es ist ein Meeting, kein Vorsingen. Ist mit dir alles in Ordnung?«

»Yeah.« Sie sah mich an, als hätte ich sie gerade aus einem Nickerchen wachgerüttelt. »Wir haben in einer Stunde Probe, lass mich davor noch duschen gehen.«

Wir lagerten die Probe vom Studio, das eine Menge Geld kostete, bei einer Band mit vier Personen allerdings von Nöten war, ins Wohnzimmer um. Ein Zimmer, das uns kostenlos zur Verfügung stand und bei zwei Leuten vom Platz her völlig ausreichte. Wir waren hier genauso gewissenhaft mit unseren

Verabredungen, wie wir das auch schon waren, als wir uns noch im Studio getroffen hatten.

Ich setzte Wasser für Tee auf, als ich hörte, dass die Dusche angemacht wurde. Ich hörte, wie draußen Metall gegen Metall schlug, auch wenn es hier, durch die anderen Geräusche im Raum, kaum hörbar gewesen war. Es war viel zu früh für die Post. Ich ging gerade rechtzeitig zur Eingangstür, um zu sehen, wie ein Jaguar mit einer muskulösen Person hinterm Lenkrad den Hügel nach unten fuhr. Wahrscheinlich Lil. Ich trat noch schnell genug auf die Veranda, um zu erkennen, dass der Rücksitz leer war. Als ich schon wieder reingehen wollte, bemerkte ich die kleine marineblaue Box mit einer silbernen Schleife. Ich hob diese auf, rannte in mein Zimmer und machte die Tür hinter mir zu.

Ich setzte mich auf mein Bett und öffnete die Schleife, wobei das silberne Logo von *Harry Winston* auf der Box zum Vorschein kam. Das Geschenkband war am Boden befestigt worden, und als die Schleife abfiel, fiel ein Umschlag in meinen Schoß. Ich öffnete diesen.

Liebe Monica —
Bitte erkenne den Inhalt dieser Box als ein Zeichen meiner
Wertschätzung an.
- Jonathan

Ich öffnete die Box, dann die Box, die sich in der Box befand. Darin lag ein zwei Zentimeter langes Schmuckstück, Silber oder Platin wahrscheinlich, mit einem runden, eingesetzten Diamanten am unteren Ende.

Ein Bauchnabelpiercing. Mit einem echten Diamanten, um den unechten , den ich bei dem Piercer in Melrose gekauft hatte, zu ersetzen. Ich hielt ihn gegen das Morgenlicht, aber ich wurde davon abgelenkt, wie billig und schäbig mein Raum doch wirkte. Der Haufen mit Schmutzwäsche in der Ecke, die alten Rahmen um meine Bilder, die Fettflecken an meinem Spiegel.

Ich zog mein T-Shirt aus und ersetzte mein minderwertiges Bauchnabelpiercing mit dem umwerfenden Teil. Als ich mich im Spiegel betrachtete, verliebte ich mich sofort, fragte mich aber, was der Anlass dafür sein könnte. Ich las die Notiz noch einmal. Wertschätzung für was? Für mich? Oder etwas anderes? Die Karte war zu klein, er hätte nicht mehr draufschreiben können, aber mir war auch nicht ganz klar, was ich von den zwölf Wörtern halten sollte.

Die Dusche ging aus. Ich verstaute meine Bedenken sorgfältig. Ich musste duschen gehen, mich anziehen, meinen Tee trinken und mich im Wohnzimmer blicken lassen, damit wir anfangen konnten. Ich konnte mich von meinen Sorgen bezüglich Jonathan, was er mir bedeuten könnte und was ich ihm vielleicht – oder auch nicht – bedeutete, nicht begraben lassen.

achtzehn

Auch falls Gabby während den Proben aufgefallen sein
sollte, dass ich mir um etwas Sorgen machte, sie hatte
nichts gesagt, aber ich merkte, dass es sich um einen von *diesen*
Tagen handelte. Ich schrieb Jonathan eine Nachricht, um
mich bei ihm für das Geschenk zu bedanken und hoffte, dass
mein komisches Gefühl in der Magengegend nicht auf diese
übertragen wurde. Er antwortete nicht. Allerdings war ich mir
fast sicher, dass er in einem Flugzeug saß. Ich wollte sowieso
nicht sofort von ihm hören. Ich war zu sehr damit beschäftigt,
mir Gedanken zu machen. Es hatte sich nichts geändert. Er
hatte mir alles, um was ich ihn gebeten hatte, gegeben.

»Wie war deine letzte Nacht?«, fragte Debbie. »Ich habe
gehört, dass du bei der Veranstaltung im L.A. Mod warst,
richtig?«

Debbie, Robert und ich standen zusammen an der Bar. Ich
war fast am Ende meiner Schicht für heute angekommen und
es war gerade nicht viel los. Alle meine Kerzen für die nächste
Schicht brannten bereits. Alle Stühle waren zurechtgerückt,
Servietten gefaltet und die Tabletts waren bereits abgewischt
worden. Die Sonne war gerade damit beschäftigt, ihren Job zu

machen, in dem sie sich hinter der Skyline von Los Angeles auf ein orangefarbenes Untergehen bereit machte, eine Aussicht, die ich mir während der Frühschicht gönnte.

»Es war nett. Mein Ex-Freund hatte ein ganzes Ausstellungsstück über mich angefertigt und mich auf diese Weise so ziemlich vor jedem als kalte und herzlose Schlampe dargestellt. Nicht sicher, was ich diesbezüglich jetzt unternehmen soll.«

»Ist das legal?«, fragte Robert.

»Nur wenn ich tatsächlich eine herzlose Schlampe wäre. Aber ich habe mir gedacht, wenn es meiner Karriere nicht schadet, dann sollte ich einfach meine Augen davor verschließen und so tun, als wäre es nie passiert.« Robert wandte sich wieder dem Getränkemischen zu.

»Und wie war deine Gesellschaft?« Debbie grinste blöd und ein Zwinkern war in den Augen zu erkennen, die fast vollkommen von ihrem Pony bedeckt wurden.

»Fein.«

»Er hat sich mit dir in der Öffentlichkeit sehen lassen. Das ist gut. Für euch beide.«

Ich schüttelte meinen Kopf und arrangierte die Tabletts mit den Zitronen und Limonen um. »Ich weiß nicht so recht.«

Debbie hörte nicht einmal das letzte Wort, das ich sagte. Sie schoss so schnell aus ihrem Sitz heraus und lief bereits auf eine Frau zu, die allein hereingekommen war. Sie war recht groß, blond und ihre Haut strahlte vor Gesundheit.

Es war Jessica Carnes.

Debbie machte ihre typische Sache, sie lächelte, doppelküsste und spann Konversationen aus dem Nichts. Ich konnte mich nicht bewegen. Ich wollte ihr keine Getränke servieren. Nichts auf der Welt könnte mich dazu bringen, dieser Frau Getränke zu bringen, nur um ein Trinkgeld zu erhalten. Nichts, abgesehen davon, dass ich diesen Job hier brauchte.

Debbie verwies sie auf die Bar. Mein Herz zerplatzte fast, so sehr liebte ich Debbie in diesem Moment, denn Robert war für das Servieren an der Bar zuständig. Auf der Fläche wäre ich für die nächsten zwanzig Minuten allerdings allein. Wenn sich Jessica an einen Tisch setzte, würde ich sie bedienen müssen.

Eine weitere Frau trat hinter Jessica in den Club, was zu weiteren Küssen auf die Wangen führte. Sie hatte wellige, braune Haare und ein Gesicht, das plastische Chirurgie schrie. Ein Puffer? Oder ein Team?

»Ich glaub, mir wird schlecht«, sagte ich zu Robert.

»Das Badezimmer liegt in dieser Richtung.«

Debbie führte die beiden zu einem Tisch und reichte ihnen die Getränkekarte. Als sie wieder auf die Bar zugelaufen kam, verriet ihr Gesicht nichts.

»Ich habe es versucht«, sagte sie, sobald sie in Hörweite war. »Da wirst du durch müssen.«

»Das kann ich nicht. Ich habe sie letzte Nacht kennengelernt.«

»Deshalb ist sie wahrscheinlich auch hier.« Debbie nahm meine Hand in ihre und drückte leicht zu, ihr Griff kühl und fest. Sie sah mir, ohne zu blinzeln, in die Augen. »Zeig ihr, was für eine anmutige Frau du bist.«

Ich schluckte schwer und sah aus den Augenwinkeln zu Jessica rüber. Sie und ihre plastisch modifizierte Freundin sprachen miteinander. Die Couch, auf der sie saßen, erlaubte es mir, einen Blick auf ihre Arme zu werfen, wodurch ich sehen konnte, dass Jessica einen schmalen Nylongips um ihr Handgelenk trug.

»Fein.« Ich steckte meinen Notizblock in meine Tasche und stolzierte rüber, als ob mir der Laden gehören würde.

Jessica und Plastik beobachteten, wie ich immer näher kam, zwei beigefarbene Ovale mit Augen, die mir fast synchron über meinen Körper fuhren, fast so, wie es Jonathan getan hatte, als wir uns zum ersten Mal begegnet waren. Ich fügte meinem Schritt noch ein wenig mehr Schwung hinzu und lächelte mit geschlossenen Lippen.

»Hi«, sagte ich, »mein Name ist Monica. Kann ich Ihnen bereits irgendetwas bringen?«

Sie starrten mich beide einfach an, bis Plastik die Stille durchbrach. »Du bist ja wirklich zuckersüß, hab ich nicht recht?«

Ich lächelte, zeigte meine Zähne und wünschte mir Debbies Hand auf meiner zurück. »Dankeschön.«

»Wir kennen uns bereits«, sagte Jessica, »von letzter Nacht.«

»Ja«, sagte ich, »das stimmt. Ich war mir nicht hundertprozentig sicher, deswegen habe ich nichts sagen wollen. Es ist nett, dich wieder zu sehen.«

»Natürlich. Geht mir auch so.«

Dieser unangenehme Moment wurde durch ein klingelndes Handy unterbrochen. Plastik streckte ihre Hand danach aus. »Da muss ich rangehen.« Sie lächelte mich an. »Könntest du mir einen Mojito bringen, Süße? Nicht zu viel Zucker.« Sie drückte ihr Handy an ihr Ohr und machte sich auf den Weg in den Flur.

»Kann ich dir auch etwas bringen?«, fragte ich Jessica.

»Ja, ich hätte gern das Gleiche.« Sie rutschte in ihrem Sitz umher. Ich war gerade dabei, meinen Abgang zu machen, als sie sagte: »Du hast mich gestern wirklich erschreckt.«

»Warum das?«

»Ich dachte schon, dass er eine achte Schwester hätte.«

Ihr Blick hielt mich gefangen und ich hatte das Gefühl, dass es unhöflich wäre, jetzt einfach davonzulaufen. Debbie hatte mir gesagt, dass ich mich anmutig verhalten sollte, und ich wusste keinen anderen Weg, dies zu erreichen, als vorzugeben, dass ich an ihrer Person ein Interesse hatte. »Was ist mit deinem Arm passiert? Gestern Abend hattest du das noch nicht.«

»Knochenfissur. Ich habe die halbe Nacht in der Notaufnahme verbracht. Ich bin noch immer völlig erschöpft.«

»Oh, wow. Wie ist das denn passiert?«

Jessica spitzte ihre Lippen und wandte ihre Augen kurz ab, bevor sie mich wieder anblickte. Die Bewegung war so geschmeidig und schnell, dass ich sie beinahe verpasst hätte.

»Du weißt ja sicher, wie das ist«, sagte sie. »Jonathan kann manchmal ein wenig wild sein.«

Mein Mund wurde trocken. Ich konnte nicht einmal schlucken. Ich war mir fast sicher, dass ich sogar ein wenig zitterte, denn ich hatte gespürt, wie meine Knie einmal kurz nachgegeben hatten. Ich musste von ihr weg. Ich musste woanders hin.

»Sicher«, würgte ich raus. »Natürlich. Ich werde jetzt die Drinks holen.«

Ich schaffte es an die Bar zurück. Debbies Augen weiteten sich. »Was ist passiert? Du bist kreidebleich.«

»Ich habe noch fünfzehn Minuten meiner Schicht abzuarbeiten.«

»Was hat sie gesagt?«

»Ich werde es nicht wiederholen. Ich muss nach Hause.«

Debbie nahm meine zitternden Hände in ihre, nachdem sie das Notizheft zur Seite gelegt hatte. »Du wirst deine Schicht beenden. Du wirst lächeln. Ein anderer Tisch ist jetzt besetzt. Kümmere dich um die Gäste, aber verweile nicht. Hast du das verstanden?«

Ihr Gesichtsausdruck erlaubte keine Gegenargumente.

Ich nickte kaum merklich und so gezwungen, dass ich überrascht war, dass sie es überhaupt gesehen hatte.

»Robert«, brüllte sie, »mach zwei Mojitos, kein Zucker.« Sie sah mich wieder an. »Lass sie nach dem Zucker fragen. Lass sie warten. Kümmer dich um deine Tische. Lächel. Maddy ist hier, um dich zu unterstützen, aber du musst deine Schicht beenden. Anmut, Monica.«

Robert stellte zwei Drinks auf mein Tablett.

»Okay«, flüsterte ich.

»Geh schon.«

Als ich zu dem Tisch kam, um die Getränke zu servieren, waren Jessica und Plastik in einer Konversation vertieft. Ich setzte mein nettes Gesicht für sie auf, und auch als Plastik ihren Mund öffnete, um etwas zu sagen, drehte ich mich um und verschwand, bevor sie ihre Stimmbänder dazu motiviert hatte, was mir die Möglichkeit gab, mich um den anderen Tisch zu kümmern.

Zwölfeinhalb Minuten später kam ich mit einer Bestellung zurück an die Bar und überreichte diese Robert. Maddy hatte sich zurechtgemacht, ihre Augen leuchteten und sie war bereit, um loszulegen. Ich wies sie im Hinblick auf die Tische ein.

»Bist du in Ordnung?«, fragte sie.

»Fantastisch. Wo ist Debbie?«

Sie zuckte ihre Schultern. Es war mir egal. Ich lief nach hinten, ohne mich noch einmal umzudrehen, um zu sehen, ob Jessica gesehen hatte, dass ich jetzt gehen würde.

Ich ging zum Pausenraum und machte mein Handy wieder an. Ich hatte es abschalten müssen, als ich auf der Fläche war, aber ich würde diesem verfluchten Arschloch meine Meinung mitteilen. Er hatte es nicht einmal geschafft, seinen Schwanz für mich wie lange in der Hose zu behalten? Wie viele *Stunden*? Sie mussten sich verabredet haben, als ich gestern Abend damit beschäftigt war, die Treppen runterzurennen. Er hatte mir Treue versprochen und mich zu Hause mit der lahmen Ausrede abgesetzt, dass er mir nicht wehtun wollte. Was für ein Scheiß. Er war fortgefahren und hatte sich gleich flachlegen lassen.

Von seiner Ex-Frau.

Die er liebte und für alle Zeiten lieben würde.

Weil sie ihm durch eine schwere Zeit durchgeholfen hatte.

Bis dass der Tod uns scheidet.

Ich wusste nicht, was ich zu Jonathan sagen würde, aber etwas musste gesagt werden. Wenn er sie haben wollte, dann fein, aber warum dann erst mit meiner Klitoris spielen, während er von mir verlangte, dass ich fragte, nach was es *mich* verlangte? Warum drängte er mich erst, ihm zu sagen, dass ich für ihn die Einzige sein wollte, für wie lange auch immer, wenn er seine Meinung doch wieder ändern würde und seine Ex-Frau so hart gefickt haben musste, dass er ihr dabei das Handgelenk gebrochen hatte?

Ich starrte auf meinen Bildschirm. Er hatte mir vor ein paar Stunden zwei Nachrichten geschickt.

— *Es freut mich, dass es dir gefällt.* —

— *Ich schulde dir nach der Sache im Barney's noch immer ein Spanking.* —

Und eine weitere, die vor gerade einmal drei Minuten reingekommen war.

– Kannst du mich anrufen? –

Darren:

– Weißt du, wo Gabby ist? –

Ich antwortete:

– Versuch es bei Theo –

Ich hatte noch zwei weitere Nachrichten in meinem Postfach, die vor einer Stunde kurz nacheinander gesendet worden waren. Sie waren von einem emotional verkorksten Scheißkerl, aber jemand, der immer offen mit mir war, ehrlich und verletzlich. Jemand, der niemals, in den zwei Jahren, in denen wir zusammen gewesen waren, fremdgegangen war. Er hatte noch nicht einmal andere Frauen angesehen. Mir niemals einen Grund gegeben, ihn anzuzweifeln.

– Das ist das letzte Mal, dass ich frage. –

Ich hatte vergessen, was für ein hartnäckiger Arsch Kevin sein konnte. Ich antwortete, weil ich wusste, dass es nicht seine letzte Nachricht sein würde, egal was er auch sagte. Ich hatte die Tür einen Spalt weit geöffnet und er war entschlossen hereinzustürmen.

– Was? –

Ich wartete auf eine Antwort. Ich fühlte kein Summen zwischen meinen Beinen, wenn ich an ihn dachte, und er ließ mich auch nicht dämlich vor mich hin grinsen. Ich wollte ihn nicht als festen Freund, Liebhaber oder einen Fick – nicht dass *er* die letzte Idee akzeptabel finden würde. Ich wollte einfach mit ihm reden. Ich wollte die Treue und Zuneigung sehen, die ich so herzlos abgeschlachtet hatte. Ich wollte ihn nicht zurück. Ich wollte die brauchbaren Eigenschaften chirurgisch aus ihm entfernen, sie beschriften und in eine Schachtel legen, damit ich sie erkennen würde, falls sie mir noch einmal begegnen würden.

– Triff dich mit mir. –

Ich antwortete ihm.

– Wo? –

***

Du kannst mich auf Pinterest, Tumblr, Twitter, Goodreads und Instagram finden.

Um auf dem Laufenden zu bleiben, suche CD Reiss auf Facebook.

Bei Fragen: cdreiss.writer@gmail.com.

Und, falls du irgendwelche Gefühle hattest, während du das Buch gelesen hast, die du gerne teilen möchtest, dann würde ich mich über eine Rezension sehr freuen.

Oh, und *registriere dich für den* Newsletter.